KB143433

物(물)의 시선

송복련 수필집

사단법인 한국수필가협회

초판 발행 2017년 5월 22일
지은이 송복련
펴낸이 한국수필가협회
펴낸곳 한국수필가협회 **북 디자인** Micky Ahn **교정 교열** 백이랑

등록 2005년 3월 22일
등록번호 제 2011-000098호
주소 서울시 마포구 양화로 156 엘지팰리스 1906호
전화 02-532-8702~3 **팩스** 02-532-8705
전자우편 kessay1971@hanmail.net
공급처 코드미디어 T 02-6326-1402

ISBN 979-11-87221-09-8 03810

정가 12,000원

물의 시선

송복련 수필집

사단법인 한국수필가협회

송복련 수필가를 대하면 「물속의 달The Moon under Water」-조지 오웰 산문집 『나는 왜 쓰는가』 수록-을 생각하게 된다. 뜰이 있고 장작을 제대로 때는, 도자기 머그잔에 흑생맥주를 팔며 부모를 따라온 아이들이 뛰어놀다가 끼니까지 해결할 수 있는 펍. 얼마나 다정한가. 영국에서 사실은 존재하지 않는 술집이었다. 따뜻하고 낭만적 분위기의 펍을 조지 오웰은 희망하며 이 에세이를 『이브닝 스탠더드』 지에 게재했다.

「물속의 달」 작품을 읽고 송복련 수필가는 수많은 글쓰기의 길이 열려있는 것을 깨달았던 듯싶다. 수필쓰기에서 터닝포인트를 한 시점이 그때이지 않을까 짐작할 수 있다. 당시 가지고 있던 수필쓰기에 대한 형식상의 관념과 애매성으로 송복련 수필가는 신경성 통증을 앓고 있었을 것이다.

대부분의 작가는 선천적 기질대로 글을 쓰게 되며 그 시간이 쌓여 지문처럼 문체에서도 틀이 생긴다. 어쨌거나 한동안은 즐겁게 글을 쓰지만 어느 때 문득 그런 '투'에 작가 자신도 매너리즘을 느끼고 벽에 부딪히고 만다.

송복련 수필가는 등단 15년 차인데도 수필 앞에서 진지하고 겸손하면서 현재에 만족하지 않고 엄청난 공을 들이고 있다. 글쓰기는 어떤 식으로라도 몸을 움직여야 살아있는 글이 되기에 독서뿐 아니라 여행하고 문학관, 전시장 등을 부지런히 찾아다니며 감각을 단련하고 있다. 끈질긴 관찰력으로 사유는 깊어지고 단단한 문장력으로 작가의 세계를 이루었다.

국어교사로 오랫동안 재직하다가 수필가로서도 월간 『수필과 비평』에 등단하고 다시 월간 『한국수필』로도 등단을 하였지만 프로작가로서 야망을 버리지 않고 늘 새로운 가능성을 타진하는 형이라는 것을 느낀다.

송복련 수필가와의 인연은 포항 호미곶까지 거슬러 올라간다. 2007년 한국수필가협회 국내심포지엄 때 뜻하지 않게 나는 주제발표를 하게 되었고 장호병 교수가 질의를 했을 때 대구 수필가들 일행 속에 송복련 선생도 있었다. 우리는 심포지엄을 마치고 뒷풀이 장소로 옮겼다. 얼굴은 보이지 않아도 서로의 목소리만 들으면서 캄캄한 바닷가에 앉아 노래를 하다가 다시 20~30분 차를 달려 노래방으로 옮겼다. 그날 처음 본 우리는 30년 지기처럼 왜 그렇게 스스럼없이 노래를 부르며 행복해 했는지.

그 밤 이후 한동안 각자의 고장에서 필력과 필명을 다지기 하느라 만난 겨를이 없었다. 어느 날 서울살이를 시작한 송복련 수필가를 잠실에서 다시 만나게 되었다. 충분히 홀로서기로 패를 둘 수도 있었지만 인내하며 나와 함께 문文의 길에서 손을 잡은 선생에게 축복의 시간을 선물해야겠다.

『물의 시선』 수필집 출간을 축하드립니다.

(사)한국수필가협회 주간 | 권남희

작가의 말

그동안 세상을 향해 내 목소리를 내어보았습니다. 늦가을 귀뚜라미처럼 풀숲에서 가느다랗게 울었습니다. 내 속에서 모양을 갖추지 못한 이야기들이 노래가 되었으면 했습니다. 쉼 없이 날개를 부비며 잠들지 않는 누군가의 창가에서 귀 기울여 주길 바랐습니다.

내 가락이 녹슬지 않으려고 이웃과 사물에게 끊임없이 시선을 보냈습니다.

내 정신에 신선한 충격으로 다가와 울림통을 건드려줄 낯선 것들과 만나기 위해 익숙한 길에서 벗어나 자주 혼자 걸었습니다. 오래도록 바라보면 가슴 떨리게 하는 순간이 가끔 찾아오기도 했습니다.

그런 가운데 서가에는 책이 쌓이고 블로그에 저장된 습작들이 늘어났습니다. 내게 던지는 질문이 있습니다. 내 글이 지금 머문 자리는 어디일까? 내 글을 읽은 독자들은 감동과 재미를 느끼고 갈까? 역부족입니다. 늘 회의하면서도 제자리걸음하는 내가 싫어서 전시장을 드나들고 책 속에서 나를 건드려주는 문장과 만나려고 했습니다.

“내용이 뻔해지면 스타일도 뻔해진다. 이는 삶의 사유가 평이하다는 증거다.” 밴빌의 말처럼 되지 않으려면 틀을 깨어야 했습니다. 테마를 정해 사물과 교감하거나 다른 방식으로 표현하려고 애를 썼습니다.

특히 결혼, 위로, 불안과 같은 화두는 내 삶을 반추하는 새로운 해석입니다. 그리고 오래전 내 곁에 머물렀지만 내 눈에서 멀어졌던 것들에게 다시 눈길을 주는 일부터 시작했습니다. 그들은 곁에서 한참 바라보아야 비로소 마음을 열어주었습니다. 한껏 다가가려 했지만 번번이 해체만 하고 생기를 잃게 한 것인가. 미처 녹아들지 않은 사유가 입안에서 걸리적거리고 상상력의 빈곤을 느낍니다.

세 번째 수필집을 엮으며 다시 설레는 나를 봅니다. 문우들과 함께하면서 권남희 선생님의 격려로 흩어지려는 글들에게 생명을 불어넣게 된 일에 감사드립니다.

송복련

Contents

1

등잔, 먼 불빛

2

연필

3

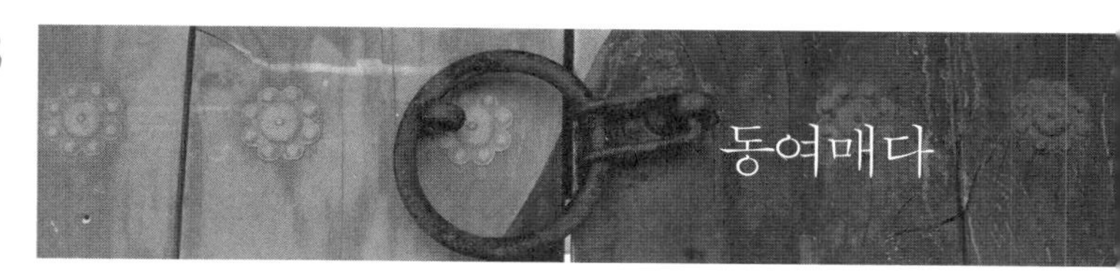

4

5

불꽃이 핀다.
어둠에 둘러싸여 작게 너울거리는 몸짓에,
물건들이 하나씩 살아나고
벽과 천정이 희붐하게 밝아온다.

1

등잔, 먼 불빛

가위 소리

신문을 읽다가 갈무리해 두고 싶은 글을 가위로 오려낸다. 사각사각 오랜만에 들어보는 가위의 목소리. 한동안 나는 가위에게 아무것도 먹이지 못했다. 가위질 소리와 함께 아련한 기억들이 떠올랐다.

가위가 귀하던 시절이었다. 반짇고리에 실꾸리들과 바늘방석이 함께 담긴 하나밖에 없는 우리 집 가위는 여기저기 불려 다녔다. 커다란 입을 가진 무쇠가위로 우리들의 옷을 지으시던 어머니 곁에서 '써억썩' 가위 소리가 났다. 앞머리가 눈을 찌를 듯이 길어지면 머리에 물을 축여 빗질을 하며 잘라주었다. 자꾸만 삐뚤어지는 머리를 고르느라 이마를 누르던 지루한 가위의 촉감은 무거웠다. 아버지는 식구들을 씻기고 나서 손톱발톱을 자를 때도 이 가위 하나로 해결했다.

가위를 보면 무엇이든 오리고 싶었다. 학용품으로 작은 가위를 가진 뒤로 색종이를 오려 붙이고 종이인형을 만드는 일은 여간 즐겁지 않았다. 커서는 스크랩하는 일에 재미를 붙였다. 그때그때 취향이 달랐지만 나의 호기심은 주로 문화면이다. 마음에 드는 시를 발견하거나 노벨문학상을 탄 작가에 대한 기사라든지 작가와의 대담 같은 글이 있으면 반가워서 가위부터 찾았다. 선을 따라가며 싹싹 오려낼 때의 가위 소리는 사뭇 조심스럽고도 곳간을 채우듯 즐거운 작업이었다.

예리한 칼날을 가진 두 입술은 매우 직설적이다. 차가울 정도로 명쾌하게 나누어주는 것을 좋아했다. 가위질을 한 뒤 선택하는 것은 언제나 안쪽이다. 관심 밖으로 밀려난 바깥과 엇갈리는 행보는 선택이 아니면 폐기로 단호하게 갈라선다. 쓸모와 쓸모없음으로 나뉜 것들은 오브제처럼 생명을 얻거나 바닥에 떨어져 어지럽게 뒹굴다 사라진다. 그때는 바깥을 생각하지 못했다. 친구도 가려가며 사귀고 내 오감은 늘 바른 길을 고집하며 안쪽과 함께하면서 바깥을 소외시켰다.

가윗날 위에 여자가 위태롭다. 두 손과 두 발로 가위의 양날을 밀어붙인다. 예리한 날에 베일까 몸이 오그라든다. 〈노고〉라는 제목의 미술작품을 보는 순간 우리가 사는 세상을 향해 섬뜩하리만큼 직설적으로 말하는 작가의 음성이 들려왔다. '가위질 하지 말라'고. 세상 밖으로 밀려나지 않으려고 안간힘을 쓰고 있는 이 시대 우리 모두의 자화상이 아닌가 싶다. 쓸모를 잃고 직장에서 명퇴를 강요당하는 분위기처럼 느껴진다. 가위 앞에서 삭제될 운명에 놓여있는 우리들의 고단한 삶을 반영했다. 그동안 관심 밖으로 밀려난 것들을 돌아보며 인생의 쓴맛을 본 자들을 생각했다. 선불리 가위를 들었다가 잘려나간 다시 품지 못하는 것들. 함부로 가위질해 오려낸 바깥은 주변을 서성이다 수없이 삭제되었을 것이다.

생각해보면 쓸모만으로 모든 선택의 기준을 삼는다면 너무 심심하고 삭막하리라. 식상할 정도로 어제 같은 오늘, 오늘 같은 내일을 맞는다면 살맛을 잃어버릴 것 같아 잘려나간 바깥을 돌아본다. 내게 중요했던 것이 다른 사람에게는 하찮아질 수도 있지 않을까. 모든 잘려나간 것들은 저마다 같지 않은 취향으로 선택되었을 것이다.

먹고 사는 일처럼 중요한 게 없고 반듯한 길 걷기를 모두가 바라지만 한 가지만 고집한다면 답답하지 않을까. 둘 다 품어서 어우렁더우렁 지내는 데서 사람냄새를 맡게 될 것이다. 오히려 예술의 세계는 시선의 바깥쪽에서 태어난다고 할 수 있다. 가위로 잘라질 때 안과 밖은 닮은꼴의 테두리를 나누어 가진다. 덜어낸 만큼 텅 빈 고요가 깃드는 밖은 언제 뒤바뀔지 누가 아는가. 쓸모없음의 쓸모를 생각하며 가위 소리에 귀 기울인다.

등잔, 먼 불빛

며칠 전에 만난 등잔이 생각나서 초에 불을 댕긴다. 불꽃이 핀다. 어둠에 둘러싸여 작게 너울거리는 몸짓에, 물건들이 하나씩 살아나고 벽과 천정이 희붐하게 밝아온다. 밤의 숨소리인가. 풀숲이 뒤척이는가 싶더니 벌레 울음이 귀에 파고든다. 간간이 바람을 가르며 멀리 사라지는 자동차 바퀴 소리. 동그랗게 어둠을 밀어내던 오래전의 밤이 떠오른다.

등잔은 젊은 날의 어머니가 떠오르는 그리운 불빛이다. 등잔에 바투 앉은 어머니의 그림자가 벽에 거인처럼 앉았다. 옷들과 반짇고리며 윗목의 요강들도 저마다 그림자를 거느렸다. 초저녁이면 우리들은 두 손으로 말과 새를 벽에 만들며 '다그닥 다그닥' 발굽소리를 내거나 날갯짓하며 그림자놀이를 했다. 막냇동생을 재우고 나면 손끝에 바늘을 쥐고 해진 양말이나 베갯잇을 깁던 어머니는 무슨 생각을 했을까? 아직 귀가하지 않은 아버지가 이불 속에 묻어둔 밥이 식기 전에 돌아오길 바랐을까.

술을 너무 좋아하셨던 아버지의 밤길을 걱정하느라 심지가 타듯 애를 태웠을지도 모른다. 우리들은 그것도 모른 채 아버지가 사 오시는 '밤과자'를 생각하며 잠귀를 열어두었다.

지금은 밤도 너무 밝아 어둠을 아예 쫓아버린 게 아닌가 싶다. 불빛에 물상들이 빛으로 표백한 듯 환하다. 첫 발령지에서는 호롱불을 켰다. 해만 지면 하루에 한두 번 지나가는 버스도 끊어지고 사방은 어둠에 갇혔다. 동굴 속처럼 깊이를 알 수 없는 어둠은 눈을 감았는지 떴는지 모를 정도로 캄캄했다. 어둠을 따라 외로움이 파고들었다. 종지만 한 호롱에 담긴 기름도 아낄 만큼 석유가 귀하던 때라 사람들은 일찌감치 잠자리에 들었지만, 나는 호롱불 아래서 콧구멍이 까맣게 되도록 교재연구를 하며 외로움을 지웠다. 창호지 밖으로 밤의 숨결이 고르게 들려오던 밤이었다.

남편은 가끔 소장수 등에 업혀 오던 달밤을 이야기했다. '사기막'에 있는 정미소 일이 늦게 끝나 엄마 등에 업혀가던 날이다. 서너 마리 소를 몰고 다음 장으로 가는 소장수와 엄마가 동행하며 주고받던 말은 생각나지 않지만, 그 밤을 생각하면 「메밀꽃 필 무렵」이 떠오른다고 했다. 남산모랭이가 시커멓게 솟아 있었는데도 무섭지 않던 밤. 아버지를 아는지 어르신이라고 불렀던 그 소장수의 등에도 업혀 오던 시오리나 되는 아름다운 밤길을, 고향 산모랭이를 돌 때마다 되풀이한다. 아마 등잔불을 밝히던 때라 달은 사람들로부터 더 많은 사랑받으며 숱한 낭만을 만들지 않았을까.

어둠이 슬그머니 찾아오면 노동으로 지친 근육을 쉬거나 조용히 등잔불을 밝힌다. 부엌 아궁이에 걸린 등잔불도 꺼지고 사랑방에서는 글 읽는 소리 들려오는 밤, 마당을 지나던 부모님이 듣고 얼마나 흐뭇했으랴. 어머니는 장독대에 정한 수를 떠놓고 간절한 마음으로 기도하며 자식을 길렀고 청사초롱 불 밝혀 혼례를 치른 자식들의 신방에도 불을 밝혔던 날들은 어둠이 모두를 따뜻하게 감싸 안았다. 타오르는 등잔불은 이제 간절함을 더하는 지난날의 먼 불빛이다.

어디로부터 스며든 바람결인가. 너울거리는 촛불을 보고 있으려니 문득 떠오르는 시인의 시가 뜨겁다. 밀려오는 적막감 속에 쉬 잠들지 못하는 밤, 허옇게 잊힌, 아직은 살이 뽀얀 몸을 가진 백자등잔에게 미안해서 불을 켜본다.

"……

아, 불을 댕기면

불이 켜지는

아직은 여자인 그 몸"

내 안에서 문득 불꽃이 일어난다. 소리 없이 타들어 가는 온기로 깊어 가는 밤이다.

시계

시계탑 아래서 만나자던 친구들은 다 어디로 갔을까? 역전 광장 시계탑은 곧잘 약속장소로 잡혔다. 친구들이 다 모이면 깔깔거리며 거리를 배회하거나 기차를 타고 어디론가 떠났다. 손목시계는 없더라도 집집마다 마루에 괘종시계 하나쯤은 내다 걸던 그때, 깊은 밤 종이 울리는 소리를 헤며 시간을 가늠하다가 스르르 잠속에 빠져들거나 어서 날이 밝기를 기다렸다.

'댕 댕 댕' 종소리를 내던 운치는 사라지고 세월 따라 시계는 모습을 바꾸었다. 이 집 저 집 집안 분위기를 생각해서 뻐꾸기시계가 걸리기 시작했다. 신기하게도 뻐꾸기들이 매시간 문을 열고 나와 '뻐꾹뻐꾹' 울다 들어갔다. 산속에 든 듯 고요하고 정신이 투명해졌다. 뻐꾸기시계가 밀려나고 그 뒤에 전자시계가 벽을 장식했다.

출근 시간에 쫓길 때였다. 탁상시계는 알람으로 다섯 시에 나를 깨웠다. 밥을 안치고 세탁기가 돌아갈 동안 도시락 반찬을 준비하며 연신 시계를 흘깃거렸다. 눈에 아직 잠이 붙어있는 아이들을 씻기고 준비물과 가방을 챙겼다. 밥술을 뜨는 동안에도 다그치며 등 떠밀어 학교에 보내고 나면 한바탕 전쟁을 치른 듯 정신이 없었다. 다시 서둘러 집을 나서던 날의 허둥거림들. 이제 훌쩍 자라 어른이 된 아이들을 보며 그동안 시계가 돌아간 거리를 짚어보니 참 아득하다.

늦은 밤 혼자 책을 읽고 있으면 '째깍째깍' 시계의 숨소리가 들린다. 낮에는 다른 소음들에 묻혀 있다가 들려오는 소리. 하루 종일 쉬지 않고 돌고 있었구나. 고요하면 비로소 들려오는 소리는 그동안 달력을 넘기고 해를 넘기며 나를 조금씩 시들어가게 했다. 깨어 있을 때는 주파수가 다른 소리에 묻혀 사라졌다가 가끔씩 일깨우는 시계소리.

째깍거리는 소리를 의식하자 그만 부담스러워진다. 곁에서 카운트다운이라도 하듯 채근하는 것 같다. 시계가 진화되어 손목에 차고 다니면서 입으로는 '시간이 없다'는 말을 달고 산다. 속도 경쟁을 벌이고 있는 현실을 TV 속 광고가 잘 대변한다.

"더 빠른 속도는 더 많은 시간이 될 테니까요."

초고속 연결망을 자랑하는 통신사들은 자꾸만 질주를 외쳐댄다. 빨리 하면 시간이 많아질까? '빨리빨리'라는 말을 곧잘 뱉어낼 만큼 조급증은 이미 체질화 되어 있다. 빨리 일을 한 만큼 또 다른 일거리가 빈틈을 다시 채우기 때문에 더 많이 바빠질 뿐인데.

시계도 없는 자연은 어떻게 때를 알고 찾아오는지. 저마다 다른 리듬의 생체시계로 꽃이 피고 나무들이 자란다. 시계가 귀하던 시절 어머니들은 분꽃이 피면 저녁쌀을 안쳤다. 꽃이 시계를 대신한 셈이다. 자연은 사람들처럼 과속하지 않는다.

시계의 숫자판 뒷면은 정밀하다. 시곗바늘 뒤에서 아주 작은 톱니들끼리 복잡하게 맞물려 돌아가며 내는 째깍거림은 살아있다는 뜻이다. 시계가 움직이지 않을 때 죽은 시계를 살리느라 태엽을 감는 일을 시계 밥을 준다고 했다. 시간을 알려주던 요긴한 시계의 자리를 지금은 휴대폰이 차지했다. 컴퓨터를 켜도, 지하철 전광판에 붉은 글씨로, 어디서나 시간을 알려주는 것들은 그다지 요긴함을 모를 정도로 흔하다. 다만 결혼 예물이나 액세서리가 된 시계는 고가품으로 차별화되었다.

하루가 시계에 맞춰 편집된다. 종일 애를 쓰다가 자리에 누웠을 때, 시곗바늘이 건너간 자리가 촘촘하면 피로마저도 흡족하다. 하루 치의 노고가 보람이 되는 그런 날은 미래에 대한 꿈을 꿀 때이다. 쳇바퀴를 돌듯 반복되는 삶은 지루하다. 자정의 갈림길에서 어제는 오늘에게 시간을 물려주고 도돌이표처럼 돌고 돈다. 손목에 붙들린 시간은 느슨하거나 촉박하거나 정작 시계와는 무관하다.

오늘 아침 숲에서 상수리나무에 기대어 본다. 꺼칠한 감촉을 어루만지며 풍경을 마음에 받아 적는다. 저마다 다른 생체시간으로 이 계절에 얼굴을 내미는 것들. 초록의 잎과 꽃들에게도 안부를 물으며 눈인사를 건넨다. 이 가지에서 저 가지로 난 새의 길. 나의 길은 시계 속에 있는가. 쉬지 않고 째깍거리며 하루의 태엽이 풀리고 있다.

돈

돈만 있으면 귀신도 부린다는데 돈 한번 실컷 만져 볼 수 없을까?

돌고 도는 돈이라지만 내 혀가 웃니 뿌리에 닿아 '돈'이라고 하는 순간 굴러가던 소리가 그만 멈춘다. 길이 막혔는지 나를 무시하는지 찔끔찔끔 감질나게 들어오는 돈은, 월급쟁이 처지에 상여금이라도 받아야 곳간을 채운 듯 흐뭇하다. 그러나 그 즐거움도 오래가지 않았다. 월급봉투 안에서 살다 보니 내 집이라도 장만하려면 잘게 쪼개어 쓰면서 저축을 해야 하기 때문이다.

한때 '부자 되세요.'라는 말이 유행했다. 대부분의 사람들이 돈에 갈증을 느끼던 터라 그런 덕담을 듣기만 해도 얼굴이 환해졌다. 아이들도 돈 맛을 아는지 설날에는 세뱃돈으로 주머니를 두둑하게 채우려고 달뜨는 모습이 귀엽다. 먹고 사는 일이 돈이 아니면 안 되기에 아무도 돈 앞에서 자유로울 수가 없지 않은가.

그 도시에 명당이 있었다. 줄을 선 사람들은 음식맛보다 돈방석에 앉고 싶어 했다. 몰려든 사람들로 해물탕집 현관에는 짝을 짓거나 다른 발에 끌려 나온 신발들로 질펀했다. 언제나 나를 비껴가 감질나게 하던 돈을 실컷 깔고 앉아 뭉개보다니. 사임당의 등 뒤로 넝쿨에 달린 포도가 알알이 여물고 있었다. 5만 원짜리가 방석에 수북하다. 그야말로 돈방석이다. 비록 지폐들이 방석에 갇혀 빠져나오지 못했지만 바닥이 보이는 이들에게 꽃 피는 날이 올 것이라는 희망을 선물하고 있었다. 빠져나간 돈은 그놈의 속성처럼 또한 돌아오지 않겠는가.

돈방석에 앉아 문득 벽을 올려다보니 괘종시계에 천 원짜리 한 장이 붙어 있다. '시간이 돈'이라는 잠언이 문득 떠오른다. 주인은 돈방석에도 앉아보았으니 밥값을 내도 기분이 좋지 않느냐고 은유적으로 말한다. 재치 있는 상술에 한참 동안 이야기꽃을 피우다 다음 손님을 위해 엉덩이를 비워주고 그곳을 나왔다. 위로를 받았지만 오래 머물 수 없듯이 다른 사람을 위해 돌고 도는 자리다.

구석기시대 유적지에서 흔하게 발견되는 조개껍질은 돈의 역할을 했다고 한다. 그래서 돈과 관련 있는 한자에 조개를 뜻하는 '貝'가 자주 따라붙는다. 여러 가지 물건으로 주고받던 것이 지금의 형태로 진화되어 온 것이다.

그러나 돈을 만지는 일은 점점 줄어든다. 가장의 권위를 세워주던 월급봉투가 사라진 지도 이미 오래되었다. 우리들의 통장에는 숫자로만 기록되기에 월급날이 언젠지도 모르고 지나친다. 한 장의 수표로 자동차도 살 수 있지만 지금은 플라스틱 돈의 전성시대이다. 긁기만 하면 잔고가 없어도 뽑아 쓸 수 있으니 외상이면 소도 잡는다는데 겁 없이 지르다가는 신용불량자가 되기 십상이다. 돈으로 바꾸어야 하는 것들이 얼마나 많은지. 하찮은 모래에서부터 살고 있는 집이며 빵과 고기, 옷 등 모든 것이 돈이다.

돈은 내 것인 듯 아닌 듯, 위험한 물건이다. 자칫 잘못해서 스캔들로 패가망신하는 경우가 허다하다. 너무 돈을 좋아해서 돈벼락을 맞겠다고 복권을 사는 이들은 그래도 나은 편이다. 당첨을 기다리며 일주일을 설레는 마음으로 보내는 동안 행복했으리라. 막상 주위에서 일등에 당첨되었다는 말을 들은 적은 없다. 겨우 푼돈에 지나지 않는 당첨금으로 다시 투자하다가 꽝이 되었다는 말은 들었다. 카지노에서 오락수준을 넘어선 이들은 심각하다. 밤샘을 했는지 표정 없이 노랗게 뜬 얼굴로 앉아 있던 모습을 잊을 수 없다. 부자는 하늘이 내린다는데 그런 행운은 없었나 보다.

세상이 온통 돈으로 보이는 이들은 돈이 몰리는 곳이 어딘지 냄새를 용하게 잘 맡는다. 지독한 돈벌레라는 말을 들으며 돈을 모을 줄만 알지 쓸 줄 모르는 이는 답답하다. 그런 부자도 삼대 안 간다니 버는 사람 쓰는 사람 따로 있어 공평하다고 해야 하나. 거기다 내 주머니에서 돈이 빠져나갈 때는 인색해도 돈 냄새를 맡은 친구에게 빌려주었다가 친구 잃고 돈 잃는 일은 또 얼마인가. 쉽게 번 돈은 쉽게 나간다고 흥청망청하다가는 쾌락이 지나간 유흥가의 아침처럼 적막해질 것이다.

내가 좋아하는 사람들은 침을 묻혀가며 돈을 세는 사람들이다. 하루 종일 시장에서 벌어들인 돈을 세는 손은 거칠지만 정직해서 떳떳하다. 무엇보다 힘들게 벌어서 자신처럼 어려운 사람들을 위해 기부하는 손은 아름답고 눈물겹다.

언제나 나를 비껴가는 돈이라 이제는 크게 미련을 두지 않는다.

빨간 고무장갑

나는 열 손가락으로 세상을 읽는다. 엄마보다 먼저 닿아보는 감촉들은 무디어서 둥글거나 모나고 길거나 짧다. 피부는 말랑말랑하고 매끄러운데 지문은 유난스럽게 오톨도톨하다. 세 끼를 마친 그릇들을 설거지하면 잘 미끄러지기도 하지만 엄마가 좋아하는 도자기를 만질 때는 더 조심한다.

밥그릇의 우묵한 깊이 속으로 엄지에 힘을 주어 설거지를 한다. 배불리 먹은 한 끼가 살아가는 힘이 되었을 거라 믿는다. 주로 미역냄새나 된장냄새가 풍기는 대접은 품이 넉넉해서 다루기가 쉽다. 보기보다 까다롭고 신경이 쓰이는 건 접시들이다. 크고 작은 얼굴들은 저마다 개성이 달라 쉽게 봤다간 미끄러지기 십상이다. 이라도 빼먹고 깨트린 날은, '손끝이 야물지 못하고 답답하다'고 꾸중을 듣는다. 방귀 뀐 놈이 성낸다고 서운해졌다가, 좋지 않은 일이라도 생길까 종일 께름칙하게 보내고 있을 엄마 생각에 깨진 파편들을 주워 담으며 조각난 마음을 수습한다. 식성 좋은 남편과 아들, 다이어트 중이라 깨작거리던 딸과 늦게 시작해서 맨 먼저 놓는 엄마의 수저를 마지막으로 닦는다. 엄마의 어깨가 덩실거리기라도 하면 나도 덩달아 춤을 출 기세지만 식구들이 빠져나간 조촐한 밥상 앞에서 풀기 없이 앉아 있는 날은 같이 시들해진다. 그날 먹은 음식들의 흔적을 지우는 게 성가시긴 해도 오래 마른 손으로 걸려있는 건 무료하다.

오래된 출생의 기억을 더듬어 본다. 개울가에는 풀리지 않은 얼음이 허옇게 이빨을 드러내고 있었다. 여덟 식구들이 벗어놓은 산더미 같은 빨래를 이고 얼음 깬 물에 빨래를 주무르던 엄마 손도 나처럼 빨갰다. 방망이 소리는 자주 끊어지며 언 뼈마디에 호호 입김을 불어넣던 엄마. 겨울의 때를 씻어내며 더디 오는 봄날을 기다렸다, 어쩌면 그것이 내가 태어난 이유이리라. 늘 축축하게 젖어있던 엄마 손을 지켜주고 싶었다. 허리 펼 날 없는 엄마의 손을 물샐틈없이 보호하려고 애썼다. 언제부턴가 엄마는 나의 팽팽한 탄력과 질긴 근성을 사랑하게 되었다.

빨간 립스틱 같은 빛깔을 가진 나도 한때 욕망을 품었다. 누군가에게 기대어 사는 처지라, 허전한 속을 꽉 채워주는 이를 만나고 싶었다. 부끄러움은 빨강으로 감출 수 있어 좋았다. 허물어지는 나와 한몸이 되어 번번이 세워주는 당신의 뼈로 온전해 지고 싶었다. 무너진 자존심을 일으

켜 세워주는 당신과 한몸이 된다면 전쟁터 같은 삶도 살 만하다고 여겼다. 당신의 온기를 느끼며 기꺼이 낡아 가리라. 구정물에 몸담아 맛보는 매운맛도 거품 물고 걸러낸 파편들을 떠나보내는 보람으로 살겠다고 했다.

하지만 조금은 헐렁한 간격으로 만나도 괜찮다며 한발 물러섰다. 적당히 둥글둥글 사는 것도 지혜라 하니, 오지 않는 당신을 기다리며 고고한 척 해봐야 일없이 삭아지는 모습은 애잔하기만 하다. 혼자서는 아무것도 할 수 없는 무기력한 나에게는 선택의 여지가 없으니 어떤 만남이라도 받아들일 수밖에 없다. 아무리 나 혼자 궂은일을 감당한다고는 하지만 궁리하고 움직이는 힘은 만남에서 나온다. 우라질 놈의 세상이라고 불평하는 순간에도 서로가 힘이 되었을 때 세상은 살만하지 않던가. 칼날같이 무서울수록 서로 지켜주는 힘으로 살아가는 거라고 터득했다.

게는 위험한 족속. 언제 뚫고 들어와 방심한 손가락을 물어뜯을지 모르니 겁이 난다. 등딱지의 뾰족한 침도 조심스럽긴 마찬가지. 칼이 손끝을 스치려는 아찔한 순간에도 잘 견뎠는데 게를 막아내지 못하면 내 운명은 끝장이 난다. 사랑하는 사람을 지켜주지 못해 비명을 지르며 구급약을 찾아 떠난다면 무슨 염치로 버텨낼까. 물이 나를 관통하는 순간 이별을 맞으며 한때 당신의 일부가 되려고 했던 나도 지쳐 허물어지거나 던져진다.

혹여 내가 구정물을 좋아하는 줄 알지만 그건 커다란 오해다. 워낙 정갈함을 좋아하다 보니 오물이다 싶으면 수색대처럼 물속으로 풍덩 뛰어들었을 뿐이다. 원래 구정물이 있는 건 아니지 않던가. 서로가 섞여 어우러져 사는 세상에서 정처럼 묻어나는 것들이다. 본래 깨끗한 자리로 돌아가는 것이 순리거늘, 설거지할 때는 와그락자그락 소리에 짜증이 묻어난다. 잡아당겨 뽑혀 나간 내 손을 함부로 내팽개쳐 버린다. 나도 성깔이 있는지라 자주 젖어 있으면 녹아 버린다. 무디어진 지문에 구멍이 나면 더 이상 궂은일에 방패가 되어줄 수 없다.

내가 가장 보람으로 삼는 건 엄마의 손을 지켜줄 때다. 부지런한 엄마와 함께 닦아내어 반질거리는 그릇들을 보고 있노라면 내 속이 다 개운하다. 청춘의 손은 아니더라도 고운 손으로 식구들에게 따뜻한 밥을 지으셨으면 한다. 식탁에는 식구들이 둘러앉고 수저소리와 재잘거림과 투정이 들려오는, 그런 저녁을 그린다. 설거지를 마친 나는 수도꼭지 위에서 허리를 접고 잠을 청한다.

전등을 끄자 어둠이 깊게 내리고 젖은 엄마의 손도 쉬고 있다.

바늘

바늘을 쥐어본 날이 가물거린다. 내게서 멀어진 바늘은 쓸모가 없어서일까. 아니, 굳이 바늘을 쥐지 않아도 불편을 느끼지 않기 때문이다. 한데 내가 하찮게 여기는 이 작은 물건에 인류사를 바꾼 슬픈 이야기를 담고 있을 줄이야.

네안데르탈인은 우리의 조상으로 꼽히는 호모 사피엔스와 같은 시대에 살았지만 멸종했다. 제대로 된 옷을 만들어 입지 못해 늘 추위와 저체온에 시달렸다는데, 호모 사피엔스와 달리 바늘을 사용하지 않아서라고 한다. 그때의 바늘은 어떤 모양일까? 아마 짐승의 뿔이나 뼛조각을 다듬어 썼을 텐데 지금처럼 날렵하지 않았을 것이다. 바늘에 귀를 뚫을 생각을 한 건 혁명과도 같은 발명이라고나 할까, 아니면 우연히 구멍 난 뼈를 보았던 것일까. 가죽끈을 바늘귀에 꿰어 순록의 털로 옷을 처음 만들어 입었던 감동의 순간을 상상해 본다. 이 작은 바늘 하나로 멸종과 진화가 이렇게 섬뜩하게 갈라지다니 바늘의 쓰임새가 새삼스럽다.

바늘은 그런 귀 하나를 가지고 뾰족한 성질로 어디든 뚫고 들어간다. 씨줄과 날줄 사이를 누빌 때는 적진을 돌파하는 전투병이나 다름없다. 자칫 방심하다가는 어느새 손끝에서 피를 보고 만다. 느닷없이 일침을 가하는 바늘의 경고장은 나태한 정신에 일격을 가하여 정신이 번쩍 들게 하지 않던가. 크기만 다를 뿐이지 어디나 덤벼들며 길을 열어간다.

바늘 쌈지 안에서 나란히 정렬하고 있을 때는 출전 준비를 앞둔 무기처럼 반짝거린다. 그중에 하나를 뽑아 들고 막무가내로 전장에 나가는 것은 방패 없이 창만 가지고 덤비는 꼴이다. 제아무리 날렵함을 뽐내더라도 귀에다 실을 꿰어야 성취할 수 있다. 앞에서 끌어주고 뒤에서 여미며 입맛에 따라 시치거나 감치며 홈질하여 끌고 가는 동안, 바지의 접은 단이며 이불호청을 꿰맨다. 무엇보다 바늘땀이 고운 누비옷 한 벌은 보는 것만으로도 감동 그 자체이다. 금슬 좋은 부부처럼 바늘 가는 데 실이 따라다니며 떨어진 조각들을 하나로 이어가는 결속이 아름답다.

바느질하는 모습은 언제 봐도 곱다. 수틀 위에 꽃과 나비를 수놓던 언니들의 얼굴에 번지던 노을빛이 아름다웠다. 양지바른 곳에 앉아 시집갈 때 가져갈 옷 덮개와 식탁보며 베갯잇에 수를 놓으며 친구들과 수다를 피우던 언니들이 부러웠다. 양복점을 지나며 진열장에 걸어둔 미끈한 신사복이나 시침질이 보이는 옷을 볼 때도 있다. 남성의 바느질도 일품이지만 전등불 아래서 밤늦도록 구멍 난 양말을 깁던 어머니의 모습은 그리운 풍경이다.

어머니는 이불호청에 푸새를 하고 다듬이질을 마치면 시침질하셨다. 머리에 꽂혔던 긴바늘 끝에 매달린 흰 실 한 가닥이 선하다. 온 방 안 가득 모란꽃이 핀 이불의 감촉이 좋아 벌렁 드러눕다가 혼이 났다. 매듭을 짓고 다시 실을 꿰려고 준비하느라 잠시 멈춘 사이 바늘에 찔리면 큰일이기 때문이다. '바늘이 살을 뚫고 들어가면 피와 같이 돌다가 심장에 꽂혀 죽는다.'던 무시무시한 말을 오랫동안 믿었다. 언제 어떻게 복병처럼 나타나 기습을 당할지 모르니까 잃어버린 바늘을 찾지 못하면 뒤가 내내 께름칙했다.

지금은 바늘방석에 꽂은 채 반짇고리에 담아 장롱 한구석에 밀쳐두었다. 웬만하면 수선집에 맡겨 찾을 일이 별로 없는 바늘은 불편한 심기로 따끔거린다. 귀가 하나뿐인 바늘은 이말 저말 듣지 말라는 뜻인가. 세상이 시끄럽다. 아무리 다수의 목소리가 중요하다고는 하지만 좀처럼 뜻이 맞지 않는 뉴스를 접할 때마다 속이 시끄럽다. 흩어진 마음들을 엮어 붙일 실을 꿴 바늘이 아쉽다. 거기다 좁은 취업문은 낙타가 바늘구멍으로 들어가기보다 어렵다고 한다. 피 끓는 젊은이들이 학원과 독서실에 넘치니 막힌 체증을 덜어주기 위해서 혈을 뚫어 통하도록 팔을 걷어야 하지 않을까. 통증을 없애줄 의원은 어디 있는지. 네안데르탈인처럼 불어 닥치는 실업의 혹한에 떨어서야 될까. 기계문명의 발달로 사람들이 일자리 잃어가는 때, 예전의 언니들처럼 수를 놓으며 꿈꾸게 하고 싶다.

자판기, 취향을 팔다

허겁지겁 쫓아다니다가 문득 만난 자판기. 스토리 웨이에서 조명을 받고 있는 음료들을 보는 순간 심한 갈증을 느낀다. 지폐를 넣자 캔 사이다 하나가 덜커덩 떨어진다. 뚜껑을 젖히니 딱, 소리가 나고 찬 김이 피어오른다. 음료가 식도를 타고 내려가는 동안 땀이 걷히고 서늘해진다.

얼마나 편리한가. 어디서나 쉽게 구할 수 있고 입맛대로 골라 먹을 수 있으니 말이다. 쫓기듯 살아가는 요즈음 사람들에게 딱 어울리는 상징물이다. 자판기에 진열되는 상품들은 날마다 진화한다. 과자와 라면이 있나 하면 책까지 팔고 있다. 이웃나라에서는 아이스크림, 피자, 화장품도 판다니, 가만히 있어도 필요한 사람들을 향해 공격적으로 다가오는 상술에 그저 놀랄 뿐이다. 500원이면 처방을 받는 '마음 약방 자판기'가 있다는 말을 들었다. 분노조절장치가 고장 난 어떤 사람이 처방서를 받아들고

추천하는 산책길에 나섰다는 글을 읽고 참 재미있는 자판기도 있다 싶었다.

자판기 안에서 보내오는 시선은 사뭇 매혹적이다. 밝은 조명 아래 눈부신 자태를 뽐내며 눈길을 사로잡는 것들은, 광고 속의 인물들처럼 클래식하거나 섹시하다. 갇힌 것들의 도열한 모습은 영화가 보여준 업소들의 풍경처럼 농염하다. 선택의 순간을 기다리며 불빛 아래 제 몸매를 광고한다. 나는 가격표 위에 취향이 열거된 상품들 앞에 섰다. 풍요 속에 잠시 갈피를 잡지 못한다. 선택한 캔은 원터치로 제 속을 다 내어주어도 잠깐 갈증을 속일 뿐 여전히 목마르다. 달콤한 맛을 가미하여 갈증만 더 부추기고 있을 뿐 순수한 제맛을 찾기 어렵기 때문이다.

기계가 덜커덩 소리를 내며 건네주면 전화기에서 흘러나오는 기계음처럼 감정을 느낄 수 없어 답답하다. 여기저기서 인건비를 아낀다고 기계들을 모셔 놓아 감흥 없는 것들과 마주한다. 사람을 밀어내는 일은 어디까지 가려는지 끝이 보이지 않는다. 현금 인출기가 은행직원을 감축시키고 컨베이어 벨트가 돌아가면서 많은 사람들이 일자리를 잃었다. 드론이 뜨자 사라질 업종들을 점치는 소리도 들린다. 가상영화에서 본 이야기들이 하나둘 현실이 되는 바람에 사람이 기계 앞에서 자꾸 주눅이 든다. 사람의 손과 발이 확장된 이래 최악의 사태가 다가오는 것인가. 이세돌과 알파고가 대결하는 장면을 보면서 생각이 많아졌다.

지폐와 동전이라야 입을 여는 자판기는, 돈 앞에서는 한없이 너그럽다가도 주머니가 비어있으면 막무가내로 침묵한다. 때때로 배신을 하는데 삼킨 동전을 내놓지 않아 손바닥으로 두들겨 맞거나 발에 걷어차이기도 한다. 그깟 작은 돈에 흥분하느냐고 하지만 정작 화가 나는 것은 최소한 미안하다고 해야 할 형편에 아무런 반응을 보이지 않기 때문이다. 주고받는 철저한 계산방식으로 덤이 없는 것들에게 인정머리를 기대할 수 없을 것이다.

길거리로 나온 것들에게 하루 한 차례 주인이 다녀간다. 빈자리를 채우고 돈은 거두어 가버린다. 종일 수고를 했지만 제 것이 되지 못하는 자판기. 먹어도 먹어도 허기지는 뱃속을 가진 자판기는 한편으로는 밥벌이를 나간 이들이 겪는 수고와 닮아 보인다.

깡통의 위로

'뚜껑이 열려야 된다 아이가'

당최 열리지 않는 뚜껑과 씨름한다. 입을 다문 깡통 뚜껑 위에 부엌칼을 들이댄다. 자꾸 미끄러지는 칼끝에 까딱하다간 두 발로 버틴 발등을 찍겠다. 자취집에서 김치를 넣고 간단하게 찌개를 만들려고 하던 애초의 계획이 깡통따개가 없는 바람에 통만 쳐다보다가 궁리한 것이다. 굴러다니던 깡통따개는 다 어디로 갔는지 쓰려고 하니까 보이지도 않는다. 손바닥으로 칼자루를 내리치니 겨우 구멍이 났다. 듬성듬성 잘려나간 뚜껑을 젖히자 상어이빨처럼 날카롭다. 깡통 날에 손이 베여 혼이 난 적도 있어서 위험한 깡통 따기는 늘 부담스러웠다.

오늘처럼 눈발이 날리는 날, 한기를 추스르며 버스를 기다리던 비포장길 옆 버드나무집이 보인다. 지붕 낮은 가게로 들어서니 바둑판 같은 유리창 밖으로 눈은 내리고 세상이 환해진다. 할머니가 미닫이를 열고 버스가 방금 떠났다고 알려준다. 더디 오는 버스를 기다리는 동안 하릴없이 가게를 둘러보며 서성거린다. 과자봉지와 소주병이 있고 빛바랜 통조림들이 먼지를 쓰고 있다. 꽁치 통조림, 복숭아 통조림, 깐 포도 통조림들. 진열대는 빈약하기 그지없다. 장이 서지 않는 날에 등푸른 생선이 헤엄을 치는 통조림은 술안줏감으로 제법 대접을 받았다.

지금은 마트와 자판기마다 통조림들이 서로 다른 빛깔과 모양으로 유혹한다. 지폐 한 장이면 갈증을 풀어주는 캔들은 누군가의 손길을 기다리며 도시 미인처럼 세련되었다. 광고 속에서 우아하게 캔을 따는 배우는 갈증을 씻어낸 듯 무척 행복한 얼굴이다. 사람들은 달콤하고 톡 쏘는 맛으로 뻥 뚫리는 기분을 쉽게 포기하지 못한다. 비만을 걱정하고 식성을 탓하지만 유혹을 끊어내기가 쉽지 않다. 하지만 이것 역시도 마셔버린 다음에는 빈 깡통 신세가 된다.

한때 위로가 되었던 깡통은 채워졌을 때와는 달리 비었을 때는 껍데기의 슬픔이 고여 있다. 무엇인가 담겼을 때 통조림이라고 부르던 것들이 왜 그리 하찮아지는지. 슬픈 것들끼리는 통하는가. 빈 깡통은 뻥 차버려도 조금도 미안하지 않다. 먹고 버린 빈 깡통을 만나면 던지고 싶고 차고 싶고 짓밟아버리고 싶은 심리가 생긴다. 더위로 속이 타는 이가 날리는 굳샷, 화풀이할 곳이 없는 만만한 이들이 애꿎게 차는 깡통일수록 요란하게 굴러간다. 더 멀리 차버린 깡통은 카타르시스로 마지막 위로를 던

진다. 가차 없이 버려진 껍질의 슬픔이 있다

깡통은 그다지 달갑지 않은 말로 쓰인다. 먹고 버린 쓸모가 없는 빈 깡통이 떠오른다. 하나같이 초라한 말들이다. 깡통시장, 깡통전세, 깡통 차, 깡통지표들은 거지가 깡통을 차다는 말을 떠오르게 한다. 시끄럽고 버림받고 든 게 없는 사람까지 깡통이라고 부른다. 요즈음은 깡통아파트라는 말이 자주 매스컴에 오른다. 깡통 소리가 난다. 한때는 꿈으로 충만했던 포만감이 일시에 무너진다. 재산을 알뜰히 모아 겨우 장만한 집에 몸담고 살아도 빚이 늘어 차라리 빈 깡통이나 마찬가지라는 뜻이다. 그렇다고 차버리기에는 피 같은 돈을 쏟아 부었고 앞으로도 부담은 계속되기에 고민이다. 꿈이 사라진 빈 깡통은 점점 아우성을 지른다. 재산의 전부이던 그곳으로 바람소리만 들락거린다. 차버리기엔 눈물겨운 아픔이 있다.

알맹이만 찾던 내 속도 텅 비어간다. 이미 열려버린 뚜껑 안으로 바람이 스친다. 사람들이 알맹이만 찾듯이 한때는 뭔가 채우려고 애썼다. 채울수록 허기가 지던 날들. 완성품을 못 만들고 채우다 말았던 미완성의 시간들, 온전한 깡통이 되기 위해서 아직 제대로 된 이름표 하나 붙이지 못하고 조급증을 낸다. 순수를 다 덜어내고 압축된 공기가 빠져나갔다. 어쩌면 버드나무 가게에서 오래 먼지를 쓰고 있던 것들처럼 유통기한이 지났을까.

제자리를 떠난 것들을 함부로 대하지 말자. 누구에게나 오는 공평한 시간. 바람이 오갈 것이고 가난한 이의 리어카 위에 얹혀 하루의 반찬값을 쥐어주는 것. 뚜껑이 열렸다고 해서 아무것도 아닌 게 아니다. 손재주 많은 이들의 손을 거쳐 예쁜 모양으로 예술이 되거나 편안하게 머무는 공간이 되기도 한다. 비우면 그렇게 다시 태어난다. 웨딩 카에 깡통을 달고 신혼 여행길에 오르는 신랑 신부처럼 꿈에 부풀고 싶지 않은가. 망가져야 다시 살아나는 순례 길에 또 다른 만남을 기다린다.

걸리버 씨의 여행기

네모난 얼굴들이 길게 앉았다. 가끔 반쪽만 보여주는 얼굴도 있다. 터치하고 어루만지는 차가운 네모들. 표정의 그늘이 무성한 지문 위에 뜬다. 거울처럼 마주보며 네모 속으로 난 수없는 갈림길에서 제 얼굴 잃어버린 복제 네모들은, 머리를 콕 박은 채 터치하고 어루만지는 손안의 세상으로 빠져들어 네모만 보인다.

하나같이 고개 숙여 묵상하는 자세로, 고막을 막고 눈빛만 살아 움직이는 지하철에서 투명인간이 되어버린 걸리버 씨. 서핑 하는 재미에 혼자서도 잘 놀고 있는 네모들 앞에서 캄캄한 절벽과 맞닥뜨린다. 엄지 하나로 순식간에 알을 쓸어놓듯 자음과 모음들이 번져간다. 밴드여왕벌 주위로 우르르 몰려드는가 싶더니 샛길로 빠져, 키득키득 속살속살 부화하는 은밀한 문장은 뻔하고 허접한 상형문자 같기도 한 은어 떼.

투명인간처럼 관심 밖이 되어버린 걸리버 씨가 여행하기에는 거리낌이 없어 좋았다. 복제된 네모들은 다리를 꼬든지 무릎을 조금 열어 두거나 더러는 수숫대마냥 서 있다. 우는 애도 이것만 주면 울음을 뚝 그친다니 요지경 속이다. 엄지 하나로 순식간에 자음과 모음들을 쏟아내는 솜씨에 걸리버 씨 눈동자가 커진다. 짤따란 엄지가 최고라 자랑만하고 빈둥거리는 줄만 알았는데 번개처럼 빠르다. 게임을 잘 한다더니 손놀림이 눈부시다. 까똑까똑 떼로 몰려와 지저귀는 단문들 사이로 눈썹과 눈동자가 뜨나 싶더니 복숭앗빛 볼에 수줍은 여자가 포즈를 취하고 포복절도하는 이미지로 반응한다. 끄나풀들이 새끼 치는 이곳은 젖과 꿀이 흐르는 땅인가. 소인국에서도 만나지 못했던 작은 세상이 모두 순간처럼 반짝거리다 사라진다. 판타지의 세계 속으로 같이 빨려 들어간다.

동네가 어찌나 넓은지 우주를 펴온 듯 무진장이다. 터치와 콕콕으로 장면이 바뀐다. 샛길로 빠진 두 네모가 주거니 받거니 칸들이 메워진다, 속살속살 부화하던 문장을 밀어낸다. 여왕벌 주위로 우르르 몰려든다. 동창이다 뭐다해서 날아다니는 말들을 줍느라 혼자서 키들키들, 멀쩡하더니 갑자기 실성해지는가. 너에게 보내는 추억 한 장이 위로가 되니? 여기저기서 친구 맺자고 난리야. 소식 없던 초등동창이 나타나 첫사랑이라고 고백하는데 마냥 고개 끄덕일 수가 없다. 얼굴 없는 네모가 센티멘털리스트가 된다. 화살표를 콕 누른다. 동호인들끼리 독한 말을 쏟아내며 뉴스를 만드는데 작은 것이 힘이 되는 세상이라 뭉치니 무섭다. 틀어지고 모나고 빠져나간 것들만 줍는 별난 취미도 다 있다. 남의 흠집을 건드리다 기둥 째 무너지는 때도 있다지.

모두가 중독이 될 때 중독 안 되면 섬이 되기 딱 좋다는데 언젠가 만났던 야후들이 떠오른다. 몸의 신호에 충실한 그들은 쉽게 중독되었거든. 늘 지나친 애무로 뜨거워 폭발할지도 모르니 조심하는 게 좋을 거야. 쓸모가 있는 것은 언제나 쓸모없는 것과 어깨동무하고 있다는 걸 기억해야 해. 처음은 언제나 선의로 출발하지만 악당들은 세상을 버려놓는 고약한 습성이 있어서 하는 말이야. 머리에 피도 안 마른 애들도 여간 좋아하지 않는다지. 하라는 공부는 안 하고 게임에 중독이 되는 건 참 막기도 힘들어서 자식과 부모의 투쟁은 적당한 선이 어딘지 고민이라지. 세상을 돈으로 보는 사람들이 그걸 놓치지 않거든. 피곤한 스팸들은 잡초처럼 뽑아내도 죽지 않는다는 말 들었어.

네모들 도어문밖으로 무더기 째 쏟아내자 또 한 무리 쓸어 담은 멀쩡한 얼굴들은 다시 네모가 된다. 때때로 내릴 곳을 놓치고 아주 멀리 가버리기도 하고 허겁지겁 내리다가 가방도 두고 내리는가 하면, 심지어 서핑 하며 걷다가 기둥에 심하게 부딪쳐 골절되기도 한다지. 네모들에게 맡겨둔 눈 찾아오지 않아 빈껍데기로 수북이 몰려다닌다. 잊히지 않기 위해서 흔적을 남기는 이들, 네모가 없으면 안절부절 못하며 서서히 제 얼굴을 잊어버리는 줄 모르고 빠져들었지. 그들 사이에서 걸리버 씨가

시계추처럼 흔들거린다.

후이넘을 사랑한 그는 복제된 얼굴들 속에서 생각과 시간을 도둑맞고 책과 눈 맞춘 지 가물가물한 잃어버린 시간을 떠올린다. 진짜 얼굴을 찾지 못한 채 야후들처럼 점점 중독되어가는 그들 곁에서 아무런 관심을 끌지 못한 채 세상 밖으로 밀려난다.

실외기

입들이 모두 바깥으로 향했다. 그곳은 여름의 절정에서 제 끓는 속을 뿜어대는 입들이 줄을 선 집합소. 실외기들이 훅 뱉어낸 숨결이 뜨겁다. 너에 대해 인출된 기억은 후끈하다. 낯선 골목길을 들어섰을 때 확 끼얹으며 덮치는 열기는 피부에 달라붙어 기분을 망친다. 소음이 떠나간 빈자리에 비둘기들은 새끼를 치고 귀소본능은 걷어낸 둥지로 자꾸만 날아든다.

카톡방 모퉁이에 빨간 불이 켜졌다. 말없이 수다를 피우는 이들로 연신 까똑까똑거린다. 검지로 노크하는 동안 새끼 치는 숫자들만큼이나 영상이 날아오고 문장이 편집되고 답글을 쓰기 싫은 사람들은 이모티콘이라도 멋지게 날린다. 눈으로 쓰윽 훑어보고 사라지는 얌체족이라고 비난받는 이들마저도 안부 같은 이런 관계망에 안심하는 눈치다. 들끓는 문장들 가운데 멋진 놈은 복사와 전달로 퍼 나르며 손놀림은 어둠 속에서도 잠들지 않는다. 나와 이웃이 바깥으로 뿜어내는 익숙한 풍경이다.

입안의 혀들이 가만히 있지 않는 곳이 있다. 혀의 근육을 키우는 이곳은 한 집 건너 한 집씩 문을 열고 성업 중이다. ○○카페, 스타벅스니 엔젤이니 커피들이 이름을 걸고 전성기를 맞았다. 우리는 언제부터 그렇게 커피를 좋아했을까. 어제 새로 생긴 카페는 화원처럼 꽃이 많다. 주문한 까페라떼가 나오고 예쁜 잔 안에 하트가 나를 유혹한다. 밥값과 맞먹는 커피 값을 내고 마시는 그곳은 세상의 거실들이 모두 바깥으로 나온 듯 매력적인 인테리어로 손님을 맞는다. 사생활을 공개하지 않아도 좋아 이곳을 사랑하는가 싶다. 사람들로 붐비는 곳은 소음에 가까운 수다들이 난무한다. '질 바비에'의 조형물에서 입이 토해내던 얼크러진 수많은 말풍선이 꼬리를 물고 나온다. 속풀이하듯 혀끝에 올려놓고 공처럼 주고받는 동안 쓴 맛을 비워 내리라. 더러 유익한 정보들도 건지기 때문에 허접한 이야기들로 시간을 보내도 아깝다고 말하기에는 부족하다. 얼굴을 보며 수다를 피우는 것이 친밀한 관계와 존재감을 느끼게 한다.

사람과의 관계가 늘 매끄러운 게 아니라 가슴에는 감금된 언어들이 부글거린다. 포화상태가 되면 참지 못한 열기들이 개념 없이 뱉혀나가 미치는 온도가 된다. 증오의 먼지들이 등 뒤에 쌓이면 실외기 뒤편에서 화약처럼 뜨거워지듯이 한 꺼풀 뒤에서는 수백 마디의 날카로운 문장을 되씹고 있으리라. 명절에 가족들이 만나면 쌓였던 것들이 한꺼번에 터지는 불상사가 허다하지 않던가. 사랑은 온도를 잃고 싸늘해진다. 참지 못해서 실외기로 쏟아버린 온기들은 되돌아오지 않는다. 버튼을 끄고 창문을 열면 방안의 온도는 제자리로 돌아오겠지만 사람의 마음이라 시간이 걸리고 노력을 해도 장담할 수가 없다. 최근에 느낀 것들 가운데 싫은 감정으로 맞불을 놓거나 일방적으로 타격을 가하면 회복하기 어렵다는 것을 알았다. 가족일수록 더욱 그랬다. 억지로 꿰맞추려 했던 긴 시간이 그걸 증명해 주었다. 왜 정제되지 않은 채 모두 뱉어내려고만 했을까.

당신과 다른 생각들로 기진맥진 하여 돌아눕는 밤 내부는 싸늘하게 식어간다. 뜨겁던 사랑도 뜨겁던 논쟁도 사라진 집에는 오래 된 폐가처럼 삭아 내려앉아 적막이 녹물처럼 흐른다.

실외기를 빠져나간 온기들이 땡볕과 만나 더욱 달아오른다. 저마다 문을 닫고 화기를 밀어내어 방안은 서늘하다 못해 춥다. 창문을 열어 환기시켜야 하리라. 바깥세상을 불러들여야 한다. 적당히 뜨겁고 적당히 서늘하면 좋겠지만 자연은 간사한 나를 단련시킨다. 혹한과 혹서로 한 철을 견디며 지금 이 순간에 대해 감사하는 마음을 가지라고 한다. 쓸쓸히 너의 가슴 박동을 뜨겁게 느껴보고 싶은 날이다.

디지털의 봄

스마트폰을 여는 일로 하루가 시작된다. 빨간 불이 켜진 카톡방과 문자방의 모퉁이를 보고 톡 톡 두드려 방문을 열어본다. 오늘의 일기예보를 확인하고 외출을 하는 스마트 시대를 살고 있다. 나의 모든 흔적들이 축적된 포털사이트에서 자료를 얻어 만든 흥미로운 통계가 속속 양지로 나오거나 털린 정보들이 음지로 흘러들어 어느 날 스팸메일이나 광고가 되어 날아든다.

이곳은 젖과 꿀이 흐르는 땅인가. 곁에 있어도 투명인간처럼 관심 바깥이 되어 보이지 않는 벽이 가로놓인 기분이 든다. 벽의 저쪽은 내 공간이 아니다. 섣불리 다가갈 수도 없고 간섭하지 못하는 타인의 공간을 감싸고 있다. 내 스스로 가두었을 때는 편안해서 사랑을 속삭이거나 미움을 뱉어내며 내 어리석음의 누추한 것들을 부려놓아도 부끄럽지 않다. 하지만 내가 쉽게 다가서지 못하면 서운하고 상처받으며 허물어지지 않는 벽을 향해 화를 낸다. 소통하는 문이 없다면 갇힌 무덤이다. 나와 너를 위해 문이 있어야겠다.

인터넷은 0과 1로만 짜여서 철저한 이분법의 세계라는 글을 읽고 무척 공감했다. 이러한 인터넷의 속성은 인간의 사고방식에 영향을 주어서 '고민할 필요가 뭐 있어요, 둘 중 하나만 선택하면 돼요.'라고 부추긴다. 이런 표현수단에 길들면 의식도 그에 맞춰서 단순해져서 디지털 세계에서 오래 머물수록 점점 바보가 된다고 했다. 장점도 많지만 단점 또한 적지 않다. 세상에선 '빛 좋은 개살구'와 '보기 좋은 떡이 먹기도 좋다'는 모순을 수용해야 하는데 디지털 마인드로는 이러한 어정쩡한 상태를 견디지 못한다. 살다보면 정답보다 현명한 답이 필요할 때가 얼마나 많은가. 정답이라는 것은 이것 아니면 저것으로 갈라놓아 저쪽 편은 많은 상처를 입게 될 것이다. 골이 깊어지기 전에 한 발 물러서서 서로 끌어안을 때 삶의 아름다운 무늬가 만들어지지 않을까 싶다.

오래된 먹감나무 탁자가 있다. 상처 입은 가지 사이로 수없이 빗물이 스며들었고 떫은 기억을 진액으로 녹여내며 나이를 먹은 감나무. 멍울은 캄캄한 어둠 속에서 제 몸에 무늬를 새겼다. 먹빛 생채기가 새가 되어 날아가는 꿈을 꾸던 먹감나무를 장인이 알아본 것이다. 나뭇결을 따라 파고든 슬픔이 부활하여 아름다운 무늬의 문갑으로 태어났다.

내게 봄은 노란 빛깔로부터 시작된다. 별처럼 산수유꽃이 돋아나면 그

제야 봄을 느낀다. 이어서 개나리 덤불이 칙칙한 울타리 위에 드리워지고 꽃잎이 팝콘처럼 터지면서 세상은 환해진다. 웅크리고 있던 생명들이 여기저기서 일제히 기지개를 켜느라 분주하고 들에서는 보리가 시든 잎을 젖히고 파릇파릇 생기를 더해간다.

새로운 꿈을 꾸는 봄날이다. 꽃 잔치가 벌어지는 마당으로 나가 나풀나풀 나비춤을 추고 싶다.

미끈하게 잘 다듬은 연필을 가지고
밤새 심이 다 닳도록 긴 문장을 쓰고 싶다.
쓰다가 멈추고 지웠다가 다시 쓰는
나의 아날로그적 글쓰기는 끝나지 않을 것이다.

2

연필

달력

한 장 남은 달력을 떼어내고 새 달력을 걸었다. '징글벨' 소리도 그치고 제야의 종소리를 기다리는 시간, 영하의 날씨 속에 사람들은 옷깃을 세우고 따뜻한 곳을 찾아 종종걸음으로 사라진다. 환승역처럼 갈아타야 할 시간이다. 묵은해를 갈아엎은 자리에 새 달력을 걸면서 올 한 해를 어떻게 경작할까 다시 고민한다. 새천년을 맞으러 요란하게 해맞이 가던 감흥은 아니지만, 이맘때면 새해의 해를 품으려고 마음을 모으게 된다.

삼백예순닷새, 언제부터 한해라는 단위로 짚어가며 살았을까. 마야유적지에서 본 피라미드는 신비스러웠다. 4면에 91개의 계단이 있는데 위층을 합하면 365개가 된다. 1년의 상징으로 그렇게 헤아리며 살던 그들이, 농경과 관련이 깊은 태양을 숭배하며 만들어낸 지혜를 보고 놀랐다. 어릴 적 보던 익숙한 달력에는 농사와 어업이 대부분이던 때라 24번의 절기를 담고 음력으로 달의 변화를 알렸으며 그에 따른 명절과 세시풍속을 즐겼다. 태어난 날을 축하하고 죽은 날을 기억하며 작게는 생일 크게는 축제가 되고, 제삿날과 기념일이 되는 달력은 많은 의미들을 품었다.

지구라는 별에서 시간이란 과연 있는 것인지. 이곳에서의 시간이 우주에서도 같은 의미일까. 왜 그 앞에서는 마음이 조급해지고 가버린 시간을 그리워하게 되는지. 어쩌면 스스로 시간의 굴레 속에서 자신을 가두며 짧은 생을 의미 있게 보내려는 몸부림이 아닐까. 아득한 시절 나무 그림자가 움직이는 것을 보고 하루를 나누면서부터 일상은 바빠졌고, 계절이 바뀌어 반복되는 가운데 희망을 품으며 어려움을 견뎌냈으리라. 그렇게 한 해를 구분하고 먼저 떠나간 사람들을 보며 하루를 쪼개며 살았을 것이다. 얼마 남지 않은 이승에서의 삶을 의미 있게 보내려고 안간힘을 쓰는 것이리라.

12월이 가까워지면 여기저기서 달력 선물이 많았다. 화가들의 산수화와 명화가 있는 달력은 방의 분위기를 살려주는 훌륭한 장식물이 되었다. 오래전 달력에는 연탄공장과 고무신 광고며 국회의원들의 얼굴 사진이 실려 홍보용으로 도배지를 대신하듯 벽에 붙기도 했다. 날마다 뜯어내는 일력은 화장지가 귀하던 시절이라 요긴하게 쓰였다. 그리고 배우들이 요염한 몸매로 유혹의 눈길을 보내는 달력은 주로 서민들이 찾는 음식점과 술집에 걸려 술맛과 밥맛을 돋우었다.

지금도 광고가 목적인 달력들이 대부분이지만 점차 모양이 단순해지거나 나만의 달력으로 차별화되어가고 있다. 어디서나 시계처럼 흔하게 만나게 되는 달력은 진화해서 핸드폰을 열거나 컴퓨터에 들어가면 쉽게 볼 수 있다. 내가 요즈음 즐겨 쓰는 달력은 탁상용이다. 사무실 탁상용으로 보급되면서 이 달력은 가까이 놓아두고 메모하기 좋아 즐겨 쓴다. 벽에는 시력이 나빠진 탓으로 큰 글씨로 인쇄된 것을 주로 건다. 중요하거나 기억해야 될 날들을 붉은 색으로 동그라미 치는 일이 세밑을 보내는 풍경이다.

탁상달력을 거꾸로 넘겨본다. 기억의 저편으로 묻히려는 숫자들 속에는 남편과 나의 생일, 추석 명절, 산소에 가서 무성하게 자란 잡초들을 뽑았던 엄마의 첫 번째 기일도 있다. 반복되는 일정들은 주로 문화예술과 관련된 일이 대부분이다. 얼마 전 다녀온 스페인 여행이 길게 이어졌는가 하면 원고 마감 날이 적히기도 했다. 날마다 뜨고 저물었던 말없는 시간들 속에 세 번의 계절을 지나 겨울의 한가운데에 섰다. 나의 행적이 고스란히 드러나는 달력은 이제 일기장처럼 흔적을 남겼다.

첫날 세웠던 계획들은 이룬 것보다 이루지 못한 것이 턱없이 많았다. 도둑맞은 것처럼 후딱 지나가버린 한해를 아쉬워하며 어울리지 않게 나이만 먹은 내가 낯설고 젊은이처럼 가슴이 두근거리지 않아 슬퍼진다.

가벼워진 달력을 떼어내고 새로 거는 달력은 역시 희망이다. 지금 내

방에 걸린 달력에는 세 발 달린 토기가 투박하면서도 은은하게 방안을 밝히며 새 출발을 기다린다. 어지러운 세밑에 어느 때보다 긴 밤을 보내고 있다. 단군건국 4350년 정유년에 새로 경작할 달력의 무게가 묵직하다.

조각보를 깁다

시장기를 안고 집으로 돌아오는 시간, 방안에 차려놓은 밥상을 보면 얼마나 행복한가. 얌전하게 덮인 밥상보를 젖히고 허겁지겁 밥술을 뜨는 순간, 아무런 불만이 없다. 배부른 만큼 순해진다. 어머니가 밭으로 나갈 때 식구를 위해 미리 밥상을 차려놓으시는데, 계절에 따라 베보자기나 조각보가 덮인다.

무엇을 담든지 제 몸매가 드러나는 보자기의 표정은, 둥글든지 네모지든지 작거나 크든지 제 속을 들키고 만다. 보자기를 즐겨 쓰던 시절에는 뭐든지 싸서 주고받으며 나누길 좋아했다. 넉넉한 인심까지 싸서 보내던 보자기가 이제 우리 곁에서 멀어지고 있지만 아직도 준다는 말을 할 때에 '싸 주고 싸 보내다.'라는 말이 곧잘 쓰인다.

고이 접었던 보자기를 펼치자 네 개의 모서리를 가진 평면이 된다. 다시 모서리를 세워 묶으니 내용물과 닮은 윤곽이 드러난다. 뭐든 싸게 되는 보자기는 저마다의 깜냥으로 감싸 안으며 보따리가 되는데, 떡을 싸면 떡보따리가 되고 책을 싸면 책보따리, 나물을 싸면 나물보따리가 된다. 일상에서 요긴하게 쓰이는 것들을 잘 담아내는 보따리, 하는 일도 많아서 가벼운 운반 도구로 쓰이든지 갈무리를 해두거나 파리나 먼지가 앉지 않게 덮어두는 일까지 무궁하다. 나는 할머니의 보따리를 좋아했는데 그중에서 이야기보따리가 제일이었다. 할머니는 재미있는 이야기를 많이 가지고 있어서 밤새도록 끄집어내도 끝이 없었다.

선생님께서 '책보 싸라'는 말이 떨어지면 수업을 마쳤다는 뜻이다. 책보를 허리에 동여매고 신나게 달려가면 걸음에 맞춰 빈 도시락은 악기처럼 달그락 달그락 장단을 맞췄다. 집으로 가는 길에 봇짐을 이고 가는 아낙네와 등짐을 진 장사꾼들을 보게 되는데 삽짝에 들어서면 길에서 만난 보따리장수가 어느새 따라와 보따리를 마루에 펼쳤다. 어른들이 둘러앉고 그 사이로 슬쩍 끼어들라치면 '애들은 저리 가라'고 밀어내지만 보자기 속에 얼핏 보이는 색색의 고운 비단과 노리개 같은 방물들이 눈에 자꾸만 아른거렸다. 미역과 김이나 멸치 같은 건어물들이 펼쳐지기도 하는데 그런 건 관심 밖이었다.

보에다 물건을 얌전하게 싸 보내면 보내는 이의 정성이 느껴진다. 언제부턴가 점점 쓸모를 찾지 못하고 종이백에 밀려났다. 그나마 보자기의 명맥이 유지되는 것은 사돈지간에 결혼 예물이 오갈 때 정성스레 싸는 것이다. 청홍색의 비단으로 격식에 맞춰 품격있게 싼 혼서지나 이바지음식은 받는 이의 마음을 즐겁게 했다.

손수 옷을 지어 입히던 엄마는 자투리 천을 모아두었다가 베갯모와 밥상보를 만들었는데 한 송이 국화꽃 모양의 베갯모는 정말 탐스러웠다. 자투리 천을 가지고 놀던 나는 꽃잎을 하나하나 접어 둥그렇게 모양을 만들어 가던 엄마의 솜씨를 신기한 눈으로 바라보았다. 밥상보도 여럿인데 나중에야 알았지만 엄마가 만든 조각보들이 몬드리안의 추상화 작품과 닮아 있었다. 한 땀 한 땀 기워나가면서 일상에서 발휘된 디자인 감각이 놀랍다. 색색의 자투리 천들을 보고 있으면 뭐든지 만들고 싶어지던 나는 고작 인형 옷이나 짓다 말았지만 손수 만든 조각보는 전시용으로 쓰일 만큼 귀한 대접을 받는다. 쓸모와 거리를 좁히지 못하고 지나간 시대의 작품으로 기억되는 것이 아쉬울 뿐이다.

삶의 편린들이 모여 이룬 인생은 어쩌면 조각보를 기워온 여정이 아니었을까. 나는 서로 다른 색깔의 여러 조각들을 모아서 내 모습을 이루었다. 나는 그들과 조화를 이루었을까. 사람들은 내게서 저마다 다른 빛깔을 읽고 가리라. 조각보를 깁는 바느질은 현재진행형이다.

연필

기록은 오래 몸에 밴 습관이다. 동굴에 들소를 그리던 조상의 피가 흐르는 나는 무엇이든 연필로 풀어내길 좋아한다. 한글을 깨우칠 때부터 내 연필의 역사는 시작되었고 내 중지 첫째 마디에 팥알만 한 굳은살을 박아놓았다. 쓰다가 떨어뜨리면 둥근 것은 또르르 굴러가다 발밑으로 곧잘 숨는다. 아무래도 사각이나 육각으로 된 것들은 그런 염려가 덜했다. 연필을 가만히 들여다본다.

지금의 연필이 탄생된 시기는 질 좋은 흑연 광산이 발견되면서부터다. 흑연으로 심을 만들어 나무에 끼워서 쓰거나 종이나 실로 감아 썼다니 연필의 구석기 시대인가. 우스꽝스러운 모습이 떠오른다. 칼을 잘 다루지 못하던 초등학생 시절, 연필심을 잡고 있던 나무가 푹 파여 심이 훤히 드러났고 심도 곧잘 부러졌다. 만드는 이나 깎는 나나 서툴기는 마찬가지였다. 눌러 쓰다 보면 잘 부러지는데 그때마다 연필을 깎는 일은 여간 성가신 일이 아니다.

어느 날, 장터를 지나는데 빙 둘러싼 구경꾼 사이로 목청을 돋우는 사람을 보았다. 틈새를 비집고 드니 핏대를 올리는 사람의 손에 연필이 들려있었다. 절대 부러지지 않는 연필이라며 연필심을 골판지에 꽂아가며 기염을 토했다. 어른들은 하나둘 연필을 주문했다. 아이들 생각을 하며 한 다스씩 사 들고 가는 어른들을 부러운 눈으로 바라보았다. 나중에 안 일이지만 HB는 Hard Black의 첫 글자로 경도와 색깔을 뜻하는데 용도에 따라 달라진다. 단단하다고 마냥 좋아할 일은 아니다. 단단하면 색이 옅어지고 쓰다가 노트를 찢을 수 있다. 적당히 미끄러지며 색도 선명해야 쓰기가 좋았다.

많은 이들은 연필에 대한 그리움을 품고 산다. '발망 카르본'이라는 향수가 나온 것도 연필냄새가 가져다주는 추억 때문이다. 내 친구의 필통에는 알록달록한 연필들이 가득 차 있어 늘 부러워했다. 몽당연필 한두 개에 지우개와 칼이 고작인 내 양철 필통은 움직일 때마다 달그락 소리가 났다. 교실 마룻바닥에는 구멍이 많았다. 옹이가 빠져나간 자리로 우리의 소중한 것들이 사라지는 일이 잦았다. 구멍 속을 들여다보고 있으면 잃어버린 것들이 어둠 속에 반짝거렸다. 언젠가 마루 밑 숨구멍을 열고 들어간 친구는 횡재를 한 것처럼 좋아했는데 제법 많은 것들이 끌려나왔다. 무엇이든 귀하던 시절이었다.

연필을 따라 다니는 건 지우개다. 생각은 때때로 질펀하거나 넘치기도 해서 지우개로 낭비된 감정을 지워야 했다. 좋은 문장을 얻기 위해 지우개 똥이 수북하게 쌓이도록 퇴고를 했다. 흘러나오는 생각을 받아 적다 보면 헝클어지거나 잘못 고른 단어가 많았다. 지울 수 있다는 건 연필의 가장 큰 매력이다. 지우고 다시 시작한다는 말은 새 출발처럼 명예롭지만, 놓쳐버린 문장을 복원하지 못해 무척 아까웠던 적도 있다. 만년필이나 볼펜처럼 커버하는 일에 서툴러 적나라하게 흔적이 드러나는데 그대로 내놓는다면 예의가 아니다. 차라리 찢어버리는 게 나았다.

가난한 화가 하이멘을 백만장자로 만든 것도 지우개다. 지우개를 찾느라고 애를 먹다 연필 위에 지우개를 얹어 사용하기 시작했고, 마침내 아교로 지우개와 연필을 고정시켜 지우개가 달린 연필을 발명했다. 언제나 궁하면 길이 생기는 법, 그런 상상력이 부럽다.

내가 좋아하는 연필은 향나무 연필이다. 연필을 깎을 때마다 향나무 냄새가 났다. 연필 향에 묻어나온 기억 하나가 있다. 큰애의 돌이었다. 돌잡이로 준비해 둔 쌀, 돈, 연필과 실타래를 상 위에 놓았다. 첫 선택의 순간을 맞는 아이가 무엇을 짚을까 무척 궁금했다. 제발 공부 잘하게 연필을 잡았으면 했다. 혹여 돈을 잡든지 실을 잡을지 몰라 연필을 아이 손이 잘 닿는 곳에 두었던 것 같다. 돈이 중요하고 수명도 길어야 하겠지만 내 욕심은 공부가 모든 것을 해결한다고 믿었던 때였다. 아마 연필을 잡았을 거라 믿는다. 예나 지금이나 겨우 발을 디디고 선 아이의 눈망울을 보며 벅찬 기대감을 가져보았을 것이다. 어른들의 환호성과 박수 소리로 떠들썩해진 분위기에 아이의 놀란 눈이 동그랗게 커졌다. 지금은 청진기, 골프공까지 등장한다고 하니 시대를 따라 풍속도 많이 달라졌다.

HB 노란 연필을 깎는다. 연필이 샤프와 볼펜에게 자리를 물려주고 컴퓨터자판을 두드리는 시대라고 하지만 변방으로 내몰린 연필을 무시하면 안 된다. 썼다가 지우고 다시 쓰는 연필만큼 매력적인 것이 있을까. 샤프가 있긴 하지만 연필을 깎는 동안 느린 기다림과 수고가 없다. 깎는 과정에서 상상력은 날개를 달기 시작한다. 작품을 구상할 때마다 쥐고 있으면 술술 잘 풀리는 연필을 애용한다. 중심을 잡고 있던 연필심이 점점 날카로워지고 연필밥과 가루가 종이 위에 쌓인다. 미끈하게 잘 다듬은 연필을 가지고 밤새 심이 다 닳도록 긴 문장을 쓰고 싶다. 쓰다가 멈추고 지웠다가 다시 쓰는 나의 아날로그적 글쓰기는 끝나지 않을 것이다

책갈피

나는 끼어드는 생이다. 책속의 깨알 같은 글씨들이 밭고랑을 이룬 그곳으로 삽처럼 가 꽂힌다. 머물고 싶은 문장들을 만나면 그 문장을 곱씹으며 생각에 잠기는 곳. 잠시 머무르는 대기실 같은 곳에서 미처 해독되지 않은 행간에는 의미가 있거나 사무치는 감동으로 앞으로 나갈 수 없는 자리. 주인은 그곳에서 벅찬 감동을 추슬러 미완의 문장에 불을 지핀다. 자주 밑줄을 그으며 채취한 문장을 노트에 옮겨 적기도 하고 되풀이 읽으며 창작의 밑거름으로 삼는 그곳을 알려준다.

며칠 전 주인의 책상에는 못 보던 책 세 권이 놓여 있었다. 문학상을 받은 『천국의 문』을 먼저 펼치더니 첫 문장에 시선이 꽂혀 고개를 갸우뚱한다. '아버지의 임종이 가까웠다는 소식에 여자가 한 일은 화장을 고치는 것이었다.' 엉뚱하다 싶었는지 이내 속도를 낸다. 마지막 문장을 읽고 천천히 나를 책장 사이에 끼워둔다. 생각이 많아 보인다. 지인이 건네준 첫 수필집을 읽다가 슬픈 듯 잔잔하게 읊조리는 귓속말에 취해 사뭇 진지해 보인다. 1부가 끝나자 에펠탑관람권을 끼우고 숨고르기를 했다. 잉크 냄새가 나는 새 책을 읽고 싶은 주인은 다시 시집을 펼친다. 신선한 문장을 만난 듯 손가락을 끼운 채 노트에 옮겨 적으려고 볼펜을 찾았다.

주인이 급한 볼일이 생겼을 때 잠시 멈추면 나는 이정표처럼 제자리를 지키며 머문 곳을 상기시킨다. 두꺼운 책일수록 나를 요긴하게 찾는다. 가름끈이 있어도 난독이 거듭되고 소화불량일 때도 마찬가지다. 난해한 문장이 지루하게 이어지면 진도를 내지 못하고 졸음을 부르는데 그럴 때 한번 꽂히면 눈길에서 멀어진 채 낡아가는 신세가 되기 십상이다. 서가에는 욕심내어 사둔 두꺼운 책들의 대부분이 이름값을 못하고 버젓이 자리만 차지하고 있다. 개중에는 나중에 읽으려고 밀어둔 채 눈길을 주지 않은 것들도 있는데 또 새 책을 고르는 주인을 본다. 늘 미진한 독서습관으로 허겁지겁 먹어치우다 보니 설익어 작가와 교감하지 못해 늘 불만스럽다.

간혹 내가 없는 날은 책 귀퉁이가 개의 귀처럼 도그지어가 되어 접히는 날이다. 흔적이 남는 걸 좋아하지 않지만 지하철에서 읽다가 만 페이지를 놓치지 않으려고 귀를 접어둔다. 주인은 가끔 기념품 가게에서 매듭이 달렸거나 금박을 입힌 예쁜 책갈피들을 사는 걸 즐긴다. 제일 행복해 보이는 순간은 오래된 책을 펼치다 책장에서 빛바랜 꽃잎이나 단풍잎을 발견할 때다. 꽃그늘에 앉았던 지난날을 떠올리거나 소슬한 가을바람에 날아든 단풍을 간직하던 청춘의 날을 떠올리기 때문이다.

한자리에서 책을 진득하니 읽지 못하는 주인은 이 방 저 방 다니다 앉은뱅이책상으로 간다. 그것도 싫증나면 침대에 엎드려 읽기도 하는데 손가락을 끼웠다가 엎어두지 않으면 포스트잇이나 새옷에 딸려온 상표 등 손에 닿는 대로 무엇이든 책갈피가 되어버린다. 책을 가까이 하는 주인은 요즘 부쩍 시력이 나빠서 오래 책을 읽지 못하는데다 이 책 저 책 마구 널어놓고 찔끔찔끔 읽는지라 방안이 어수선하다. 내가 바깥 구경을 할 때는 완독했을 때다. 요즈음처럼 쓸데없이 바깥으로 도는 주인은 책과 멀어져 한가하게 보내지만 나는 책을 떠나서는 살 수 없는 생이다. 나는 나의 집, 책 속에 잠들 때 가장 행복하다.

사물인터넷

오늘은 회식이 있는 날이다. 나를 위해 마련된 출판기념 축하연이니 이런 날에는 화장이나 의상이며 신발까지 신경이 쓰인다. 화장대 앞으로 가 앉으니 나를 감지한 거울은 멘트를 보낸다.

"당신의 얼굴은 이번 주 내내 잠을 설친 결과로 조금 부었으며 눈가가 약간 처지고 어둡습니다. 먼저 잡티를 제거하는 2호색 컨실러를 이용해 눈밑 다크서클을 잡아주세요. 다음으로 밀착력이 좋은 파운데이션을 다소곳하게 얹으면 말끔하게 결점을 커버할 수 있습니다. 거기에 당신의 얼굴에 어울리는 중간색조의 블러셔로 관자놀이에서 광대뼈 부분까지 터치해 화사하게 생기를 더합니다.

집에 돌아와서는 아이새도우, 아이라이너, 마스카라를 전용 리무버를 이용해 말끔하게 지워 눈가에 색소침착을 막기 바랍니다.

피부는 잠을 자는 동안 노폐물을 배출하여 손상된 부분을 재생하기 때문에 숙면을 취하는 게 중요합니다. 운동 부족도 한몫을 차지했습니다. 운동 횟수를 늘여서 피부의 생기를 회복하기 바랍니다. 스트레스가 있다고 얼굴을 찌푸려 주름을 만들지 않도록 하십시오. 그리고 술은 적당히 마시는 게 좋겠습니다."

센서가 감지해서 알려주는 대로 화장을 마쳤다. 뽀샤시한 얼굴로 옷을 고르기 위해 옷장으로 가는데 콧노래가 절로 나온다. 오늘 일이 잘 될 것 같다. 상상으로 그려본 출판기념일의 아침 풍경이다.

하루의 시작은 언제나 스마트폰을 여는 일부터다. 빨간 불이 켜진 카톡방을 톡톡 두드려 열어본다. 오늘의 일기예보를 확인하고 외출을 하는 스마트 시대를 살고 있지만 하루가 멀다 하고 상상도 못한 새로운 것들이 출시된다. 터치하든 터치하지 않든 작고 정밀한 기계들은 나의 모든 것을 알고있다. 휴대폰은 어디까지 진화할까.

은행과 연결하여 돈이 오가고 빠른 길 찾기로 친절하게 안내하니 길을 몰라도 걱정이 없다. 나는 지하철 앱을 자주 터치한다. 상세한 안내로 일상이 무척 편리해졌다. 수많은 사람들과 맺어주거나 사물들과도 연결하는 바람에 지구 안에 또 다른 우주를 담은 것 같다. 출근할 때 가스레인지에 올려놓은 곰국은 직장에서 시간이 되면 밸브를 잠그고, 퇴근 시간에 맞춰 밥솥은 밥을 한다. 고속도로 하이패스가 확인한 차량번호의 주인을 찾아 통장에서 돈이 빠져나가고 만보기로 오늘의 운동량을 체크해주는 것이 현실이다. 이렇게 내게서 빠져나간 정보들은 다음과 네이버나 구글로 흘러든다. 지구라는 별이 쏟아내는 헤아릴 수 없는 데이터들이 지층을 이루듯 쌓이면 더러는 편리하게 뽑아 쓰기도 하지만 대부분 어디로 새나가는지도 모른다.

이렇게 편리하고 내 삶을 윤택하게 해주는 것들의 미래는 어떨까. 지금은 사람과 기계가 소통을 잘해서 다행이지만, 머잖아 감정을 분석하고 생각까지 스캔될 날이 온다니 오싹해진다. 빅데이터를 낚시질하여 분석한 통계로 돈방석에 앉는 이가 있나 하면 당선자의 투표율 예고를 하면서 오차범위를 좁히기도 하며 책을 전자책으로 보게 만드는 일들은 현재 진행형이다.

데이터를 분석하는 일은 아무나 접근하기 어렵다. 우리가 흘려보낸 사적인 모든 흔적들이 축적된 포털사이트에서 연구 자료를 얻어 만든 흥미로운 통계가 속속 나온다. 유익한 정보들이 되어 양지로 나오기도 하지만 어쩌다 음지로 흘러들어 나쁘게 이용당할까 두렵기도 하다. 디지털장의사라는 이색 직업이 생겨나는 걸 보면 예사로운 일이 아니다.

CCTV가 밤길을 걷는 사람들에게 안전을 지켜주지만 나도 모르게 베

껴 간 것들에 대해 사생활의 노출이라는 불편함은 감수해야 할까. '문명은 자꾸 앞으로 발을 내디디려 하고 문화는 그저 붙들어 매려고 잡아당긴다.'는 말이 있다. 원하든 원치 않든 내가 사는 세상은 진화를 멈추지 않을 것이다.

어느 날, 털린 정보들이 돌아다니다 스팸메일로 날아오거나 나의 약점을 흔드는 상업성 광고의 남발로 그늘을 드리울까 마음이 쓰인다. 지금도 스마트폰만 들여다보는 지하철 풍경은 모두 고개를 숙이고 혼자 낄낄거리거나 시간을 죽이며 바깥으로 시선을 보내지 않는다. 온갖 기억들이 저장된 휴대폰을 잃어버린 날, 눈앞이 캄캄해질 정도로 아무것도 떠올릴 수 없었던 낭패감을 잊지 못한다. 기계에 몰두하고 기계와 친구가 되고 보니 사람과 소통하는 일은 영화에서 보듯이 머잖아 기계에게 조정 당할지도 모를 일이다.

사람들과 수다를 떨거나 그리운 이들이 만나 따뜻해지는 아날로그적 삶을 잃어버리고 싶지 않다

콩나물시루

옹기를 보면 두텁떡을 만난 듯 반갑다. 덥석 베어 물면 입 안 가득히 차오르는 떡처럼 넉넉하다. 옹기장이의 투박한 손끝이 쓰윽 스치고 간 문양이 멋없다고 나무랄지 몰라도 맛을 내는 데는 절대 양보하지 않는다. 그들의 손에서 탄생된 간장과 된장 항아리 앞에 시루와 약탕기 들이 햇볕을 쪼이며 모여 있던 장독대. 살림에 이력이 붙은 여자들의 옹기 속에는 장들이 맛있게 익어갔고 윤기가 흘렀다.

밭에서 자라던 푸성귀들이 귀해질 때가 되면 안방 윗목에 시루가 자리를 잡는다. 동이에 쳇다리가 걸터앉고 시루는 검은 보를 뒤집어 쓴 채 콩을 품는다. 어머니는 방에 드나들며 자주 바가지로 물을 부었고 우리는 머리맡에서 시루가 흘려보내는 물소리를 들으며 자랐다. 통통하게 살이 오른 콩나물들이 시루 위로 솟아올랐다. 물을 모두 시루 바깥으로 흘려보냈는데도 콩나물이 자라는 것은 신기했다. 미끈한 다리로 발돋움하자

머리에 쓴 투구는 벗겨지고 일제히 노란 머리를 쳐들고 일어섰다. 한동안 식탁은 콩나물무침, 콩나물국, 콩나물밥으로 풍성해졌다.

종로에 나가면 유난히 노인들이 많다. 오래된 건물과 좁은 골목길에는 추억을 줍는 사람이 붐빈다. 영화관에서 흘러간 명화를 보고 국밥집에서 막걸릿잔을 들거나 난전을 기웃거리는 사람들은 낫다. 주머니가 비어 마땅히 갈 곳이 없는 이들이 찾는 궁궐의 돌담 아래는 하릴없는 시간들이 뒹굴고 있다. 그들이 입은 어두운 옷 빛깔에서 도시의 그늘을 본다. 일자리를 구하는 것은 젊은이들마저 쉽지 않은 터라 폐지나 고물을 줍는 일마저 경쟁이 치열하다. 눈총을 피해 집을 나와 긴 하루를 보내는 그들의 남루한 시간들이 빈둥거린다. 그들에게도 콩나물시루처럼 품었던 가족이 있었을 터. 뽑혀나가고 흘려보낼 것이라고 진즉에 알았더라면 제 한 몸이라도 추스르지 않았을까. 쪽방이나 길에서 보내는 이들은 또 어떨까. 퀭하게 구멍이 뚫리고 금이 간 곳마다 분노가 삐죽하게 자랄 것이다. 오가는 사람들은 무심한 얼굴로 옷깃을 스치고 간다.

구멍을 드러낸 콩나물시루가 베란다 구석에 엎드려 골동품이 되어간다. 그 많던 콩나물들을 키워낸 시루는 제 할 일을 다한 양 아랫도리를 드러내고 텅 비웠다. 흘려보내는 것은 타고난 본성인가. 가득히 품었던 콩들을 언젠가 떠나보내기 위해서 그렇게 물을 수없이 흘려보냈던가. 붙들고 있으면 고여서 썩는다는 이치를 일찍 터득한 모양이다. 시루는 비어서 충만하던 때를 추억하고 있을까. 눈길 한번 제대로 주지 않는 떠나간 것들이지만 물 주는 일이 노동이기만 했던 것은 아니다. 쭉이 나거나 썩은 콩을 골라내고 불려서 시루에 앉쳐 싹이 나기를 기다리던 때는 풍성한 밥상을 차리겠다는 꿈으로 설레었던 시간이다. 하루가 다르게 자라는 콩나물을 보는 기쁨에 벅찬 물주기도 힘든 줄 몰랐다. 알맞게 자랐을 때를 놓치지 않으려고 그렇게 안달하며 세상 밖으로 내보려고 할게 뭐람.

플라스틱 그릇에 담긴 고추장 된장의 맛에 익숙해진 요즈음이다. 공장에서 나온 콩나물은 옹기장이의 시루 맛을 모른다. 음식들은 들숨과 날숨을 쉬지 못하는 플라스틱 제품들로 숨이 막힌다. 가볍고 편리하다고 쉽게 쓰고 버린 것들이 플라스틱스프가 되어 돌아왔다. 마시고 먹는 것들 속에 스며든 것을 뒤늦게 알게 되었다. 함부로 버린 플라스틱은 썩지 않고 미세한 입자로 떠돌며 우리가 믿는 북해의 물까지 오염시켰기 때문이다. 지구의 숨구멍이 막힌 것 같아 답답하다. 숨을 쉬고 싶다. 숨결이 느껴지는 장인의 옹기가 그리워진다.

빈약한 베란다 한 구석으로 내몰린 시루에게 새로운 꿈을 꾸게 할 수 없을까. 구멍으로 휑하게 바람이 들던 시루에 새로 품어야할 것을 생각한다. 흙의 자리로 돌아가는 날까지 시루가 햇볕을 쬐고 들숨과 날숨을 쉬며 오래 꿀 수 있는 꿈은 무엇일까.

액자

내가 조명하는 것들은 벽에 걸린다. 무엇이든 담는 사각의 눈으로 크거나 작은 창이 된다. 완성되어 내 안으로 들어온 것들은 시선을 끌기 마련이다. 그것이 명작이 되었든 어린이가 호작질처럼 그렸든 미처 해독되지 않는 것들마저도 하고 싶은 이야기를 품고 있다.

거처를 찾지 못하고 방의 모퉁이에 끼여 먼지 쌓여가는 풍경 하나가 있다. 폭설이 내리는 눈밭 너머 먼 산은 흰 눈에 잠기고, 그 위로 구름 낀 하늘은 언뜻언뜻 파란 얼굴을 내민다. 기차를 타고 가는 내내 차창 밖에는 눈이 내렸고 흰 옥양목 이불 한 채가 완성되었다. 흰 들을 끼고 달리는 기차에서 감탄사 하나만으로 족하며 며칠 동안 눈 속에 갇히고 싶다는 문장이 적혔다.

빛바랜 사진이 걸린 오래된 방을 그리워하는 사람들이 있다. 안방 벽은 온갖 기념의 순간이 담긴 진열장이다. 결혼사진과 군대 간 외삼촌의

멋진 포즈며 상장이나 졸업장 그리고 가훈이 주르륵 걸렸던 자리. 손톱만한 얼굴을 일일이 짚어가며 할아버지 할머니 아버지 어머니 그리고 형과 아우를 호명하면서 촌스럽고 우스꽝스럽다고 웃는다. 유년의 기억은 언제나 친근하게 찾아와 마음을 녹여주나 보다.

내 안에 잉태된 것들의 시력은 서로 다를 뿐만 아니라 수시로 초점을 바꾼다. 보이는 것들이 하나의 풍경으로 정물 또는 인물로 다양하게 태어난다. 어떤 때는 현미경을 들이댄 듯 자세하다. 고야를 곤경에 빠트렸다는 〈옷을 벗은 마야〉의 다리에는 잔털이 촘촘했다. 때로는 사막의 놀 속으로 걸어가는 낙타의 무리가 보이는가 하면 뒤러의 우수에 찬 눈과 마주하기도 한다. 내가 조명한 것들 앞에 멈춘 사람들 가운데는 붓을 든 이의 마음을 꿰뚫어 보고 감동한 나머지 삶의 방향을 결정지었다는 사람도 있다.

안경테가 크거나 작거나 간에 주머니 사정이 넉넉하면 금박이라도 입혀 화려하게 치장하겠지만 그렇지 못할 때는 아무런 장식 없이 소박하면 될 것이다. 사람들은 내가 무엇을 끼든 그다지 눈여겨보지 않는 것 같은데 나를 찾는 이들의 취향은 무척 까다롭다. 우표를 기준으로 몇 호인가 크기를 나누며 소품과 대작으로 구분하는데 어떤 테인가에 따라 품격 또한 달라지는 걸 잘 알기 때문이다. 가난과 좁은 시야를 가진 이들이 화려한 테를 부러워하며 무명의 시간을 견디는 일은 얼마나 가혹하고 지루한

가. 르네 마그리뜨의 〈보시스의 풍경〉처럼 투명해진다면 뒤샹이 변기를 걸고 '샘'이라고 쓰듯 당당해지리라.

사람들은 내 앞에서 한참 머무르거나 잠시 스치기도 하고 아예 무심하게 지나친다. 고개를 갸우뚱하다가 뭔가 교감이 되는지 시간 가는 줄 모르고 서 있다. 그런 사람과 만나면 친구가 되고 싶다. 실물들은 수없이 널려 있지만 일단 내 안으로 들어왔을 때, 고스란히 있는 대로 보기보다 뭔가 의미를 담았을 거라 여기며 해석하길 좋아한다. 어쩌면 심하게 왜곡되어 비틀어진 것들에게 열광하는지도 모른다.

친구가 생긴 날이다. 좀 별난 친구는 늘 틀을 깨려고 애쓴다. 너무 많은 틀에 질린 탓인가. 담고 있는 내용이 무엇이든 틀에 가두는 것을 싫어한다. 사람들은 스스로 만든 틀을 보지 못하고 저만 옳다고 고집하기 때문이다.

한번은 그의 아들이 이런 말을 했다. "엄마는 스위트 홈을 만들어놓고 너희도 이리 들어오너라." 하는 것 같단다. 자신이 그런 틀을 가졌다니 납득할 수 없어 화를 냈다고 한다. 언제 자기만의 안경으로 바라보고 규정지으려고 잣대를 들이댔느냐고. 얼마간 갈라지면서 불화로 붉으락푸르락 낯빛을 바꾸던 날의 이야기였다. 서로 틀에서 빠져나오지 못한 채 옳고 그름을 따질 뿐 그 원인을 자신에게서 찾지 않고 다른 곳에서 찾았기 때문에 골이 파였었다.

이제 와서 친구는 틀이란 게 온통 들쭉날쭉해서 미완 그 자체가 아닌가 여긴다. 틀어지다가도 다시 화해를 하고 더러 감동의 순간이 오기도 하는데 그 안에는 기억하거나 꿈꾸는 것들이 고스란히 담겨 애착을 느끼기 때문이리라. 자신이 생을 바쳐 몰입한 순간이 있었고 노고가 아로새겨진 채 중심을 잡고 지금까지 지켜왔을 소중한 것들에 대해 다시 생각하는 시간이 필요하리라.

내 속에 것이 그림이든 인생이든 바라보는 이의 마음에 달렸다. 저마다 그 앞에서 제 깜냥대로 해석하거나 감동한다. 어쩌면 친구도 인생의 전환점에서 바뀌는 순간을 맛보고 싶은지도 모른다. 그런 행운을 찾아 그날도 일상의 식상한 장소를 빠져나와 미술관으로 향하는 발걸음을 본다.

낮달

이른 아침 운동 삼아 산에 오르는데 산 중턱쯤에서 희미한 낮달이 눈에 들어왔다. 스무사흘 달이 이울고 있다. 물먹은 한지처럼 새벽빛에 가라앉으며 빛을 잃어간다. 발걸음을 내디딜 때마다 툭 툭 상수리나무들이 열매를 떨어뜨린다. 다람쥐나 사람들이 발견하지 못하면 낙엽 더미에 묻혀 싹을 틔울 것이다. 겨울을 향해 기울어가는 숲은 모두 시들고 여무는 것들로 분주하다.

이른 아침 꼭대기 원형광장에는 늙수그레한 사람들이 대부분이다. 운동기구마다 매달려 근육을 잡아당기며 생기를 불어넣고 있다. 박쥐처럼 철봉에 거꾸로 매달리거나 좌우로 몸을 비틀고 흔들면서 메마른 육신에 물기를 축인다. 잎맥처럼 주름이 도드라진 얼굴이 운동복 차림으로 몇 바퀴째인지 모르게 맴을 돈다. 나도 그들을 따라 돌았다. 몸에서 차츰 리듬이 살아난다.

눈썹처럼 날렵한 얼굴로 개밥바라기별과 함께 서쪽하늘에서 만난 달은 어느새 만월이 되어 내가 잠든 온밤을 지켜주었을 것이다. 긴 여정을 지나왔을 달을 한동안 잊고 지냈었는데 느닷없이 해쓱한 얼굴로 내 앞에 나타난 순간, 사람들의 모습도 저렇게 되어가는 게 아닐까 싶다. 느릿느릿 걸어온 달은 미처 밤을 다 건너지 못하고 뒤따라오는 아침에 무색해져 허옇게 빛을 잃는다. 어둠이 짙을수록 달은 눈썹처럼 또는 쟁반처럼 제 모습을 그리며 밤하늘에 둥두렷이 떠서 존재를 드러냈을 테다. 저 달은 몸집이 점점 왜소해져간다. 머잖아 생의 한 주기를 마치게 될 것이다. 빛을 잃어가는 낮달을 보며 괜히 가슴 한 구석이 서늘해진다.

산길을 내려올 때, 전에 보았던 할머니를 만났다. 유난히 이곳 풍경과 어울리지 않아 어색해 보였던 할머니. 지난 추석 무렵 공원초입 돌계단 난간에 앉아 오가는 이들의 시선이 부담스러운 듯 신발을 내려다보거나 손을 만지작거렸다. 오늘은 조금 더 올라와 벤치에 앉았다. 아침 운동을 하러 오르내리는 이곳에서 낯선 풍경처럼 앉아있다. 간편한 차림으로 산을 오르내리는 사람들의 걸음걸이에는 힘이 넘치는데 그녀는 정물처럼 고요하다. 햇볕에 그을린 얼굴과 거친 손이며 옷차림은 도시와는 어울리지 않는 이방인처럼 느껴진다.

내가 지방에 있을 때, 아들네 집에 와서 며칠을 묵었던 것처럼 밤새 한쪽 방에서 벽을 쳐다보며 잠을 뒤척거렸다. 창이 희붐해지자 기척 없는 자식들의 방을 쳐다보며 조용히 집밖으로 나와서 동네를 돌아다녔던 때가 떠오른다. 아마 내가 그랬던 것처럼 새벽부터 부산을 떨어 자식들의 잠을 깨우는 것도 그렇고 해서 공원으로 나온 것이리라. 이곳에서 낯설게 느껴지는 그녀의 모습을 보며 한생을 부지런히 건너왔을 빛나던 시절은 어느덧 지나고 이제는 할일을 다한 듯 희미하게 떠 있는 낮달을 보는 것 같다.

내 방에 있는 간장 종지가 떠올랐다. 어머니의 유품을 정리하다 가져온 것인데 하필이면 어머니가 쓰시던 그릇들 가운데 아무런 장식도 없고 작고 보잘 것 없는 이걸 왜 가져왔을까. 숟가락이 들어가기엔 너무 비좁은 종지다. 한때는 밥상의 가운데 자리 잡고 저마다 다른 입맛을 위해 간을 맞추던 그릇. 이미 간이 되어 있는 반찬에 간장을 숟가락으로 푹 뜨지는 않았을 것이다. 제 입맛에 맞게 조금씩 넣어 간을 맞추며 밥상의 중심에 앉아 식구들의 입맛을 조절해 주었다.

종지에는 하얀 바탕에 福자 글씨가 어머니의 소망인 양 선명하게 찍혀 있다. 아래위로 파란 선이 둘러있는 것과 조화를 이루는 아주 소박한 그릇이다. 예전에 어머니가 우리들의 중심이었듯이 간장 종지도 밥상의 한가운데 자리 잡고 있었다. 어머니는 머리에 흰 수건을 쓰고 식구들의 밥상을 차리기 위해 늘 허리 펼 사이가 없었다. 형제들의 서로 다른 성정을 다스려주듯이 육 남매를 기르며 짠 말씀들로 싱거운 자식들의 간을 맞추었다. 마음이 헛헛한 날에는 희미해져가는 어머니의 기억을 떠올린다.

한 무리의 젊은이들이 올라온다. 어느새 아파트 동 사이로 이글거리며 막 떠오르는 아침 해는 바라보기에 눈이 부시다. 젊고 싱싱한 아침 해가 어둠을 지우고 빛을 사방으로 뿌리고 있다. 한때 눈부시게 빛나던 중심들이 점점 빛이 바래고 있다. 이른 아침 산으로 발걸음한 이들의 머리 위에 하얀 낮달은 점점 희미하게 사라져간다. 벤치에 앉은 할머니도 저 낮달처럼 기운을 잃어간다.

푸른 자서전

담쟁이가 걸어간 길을 무심코 보았다. 외발로 걷는 아기 공룡처럼 작고 동그란 흔적들이 화석처럼 남았다. 오리온과 북두의 별자리를 그리며 벽을 타는 저 족적들. 하늘로 오르는 꿈을 압정으로 하나씩 눌러둔 것인가. 하도 신기해서 손으로 만져본다. 오톨도톨 흡반처럼 남은 흔적은 태풍이 담쟁이덩굴을 할퀴고 간 자리에 선명하다. 산길에서도 상수리 꼬투리들이 잎을 문 채 파랗게 떨어져 있었던 걸 보면 어지간히 몰아 부친 모양이다.

심전도 검사를 하듯이 흡반을 벽에 대고 있는 담쟁이들은, 심장의 박동소리라도 들으려는가. 집요함으로 사방이 고요하다. 귀 기울여보면 저마다 들숨과 날숨을 쉬는 것들은 서로 다른 떨림으로 진동한다. 강하고 약하게 빠르고 느리게 보내오는 신호음을 들으며 벽창호라는 말 함부로 말한 것을 후회한다. 희미한 맥박소리 보내는 저 핏기 없는 금간 벽. 흔들리는 몸짓으로 촘촘히 기워가는 바느질 솜씨가 놀랍다. 푸른 책장으로 덮은 벽이 무성하다.

수직으로 오르는 것들의 길을 바람은 자주 흔들어놓는다. 붙잡고 싶은 욕망은 매번 허공을 움켜쥐지만 헛손질로 흔들린다. 발자국들이 디디고 온 시간들이 나이테를 키워가며 길을 만들어 놓아 붙들어준다. 거미줄처럼 엮어나간 인연 위에 초록이 싱그럽다. 서두르지 말라 바람도 숨 고르는 때가 있느니. 잠시라도 한눈팔지 않고 오늘도 착지하려는 흡반들이 붙들고 선 자리. 암벽등반으로 잡은 오늘의 로프는 안전하다.

아직까지 놓지 못하는 욕망은 무엇일까. 담쟁이가 붙들고 있는 동안 금간 벽은 생기를 얻었다. 아이처럼 기어가다 어른이 되어 직립하면서부터 앞에 놓인 장애라는 장애는 두려워하지 않았다. 가파를수록 더 화려해지는가. 나도 그런 꿈을 꾸었다. 황폐한 절사지면 어떻고 도시의 좁은 골목길도 좋다고 했다. 낡고 허름한 울타리까지 귀때기만한 땅이라도 있으면 비비고 들어갔다.

추락 없는 등반은 없듯이 예외가 없었다. 친구와 겨루기 하던 학교며 승진의 길목에서 자주 마음을 다치며 휘청거렸다. 바닥까지 가지 않았던 것, 떨어진 자리에서 일어설 수 있었던 것은 그동안 걸어온 발의 관성 때문이다. 나를 둘러싼 그물망 같은 지나온 발자국들이 붙들어주었다. 타는 목마름도 간간이 적시는 빗방울로 달래며 갈무리해온 내력이 둥글어졌다. 초록 책장들이 바람에 나부낀다. 수많은 외발들이 기운 벽은 한 편의 푸른 자서전이다. 나는 지금 바람에 흔들리며 외발로 쓰고 있는 담쟁이의 자서전을 본다.

연초록빛 꽃술이 잎 뒤에서 수줍게 피었다 지면 나비들이 쉬어간 자리에 열매들이 익어 가리라. 자줏빛 꿈을 쪼는 새들의 시간이 올 것이다. 오래된 담쟁이가 있는 집을 보면 고풍스러운 멋이 풍긴다. 담쟁이가 덮은 건물이 많아 아이비리그라는 이름이 붙은, 전통으로 오래 빛나는 명문학교들이다. 외발자국으로 써나가는 담쟁이의 시간이 지층처럼 쌓이는 때를 그려본다.

르누아르의 손

손을 보면 다양한 표정이 읽힌다. 그 사람의 이력서처럼 지나온 삶을 짐작케 하는 손들을 만난다. 허공에 선을 그리는 무용수의 손끝, 의자에 앉아 사무를 보면서 컴퓨터를 두드리는 손, 호미와 낫을 들고 밭일을 하는 농부의 손들이다. 미켈란젤로가 그린 그 유명한 〈아담의 창조〉를 시스티나 성당에서 처음 보는 순간, 신비스러운 기운을 느꼈다. 천정의 그림은 하늘나라처럼 둥실둥실 떠 있는 듯했고 아담이 뻗은 손을 향해 닿을 듯 말 듯한 신의 손에서 갓 태어난 아담에게 불어넣는 강한 생명의 에너지가 흐르는 듯하다.

손 모양에는 감정이 실린다. 반갑게 건네는 악수하는 손이 있고 화가 나서 주먹을 내지르며 속내를 드러내는 손이 있다. 그런가 하면 안타깝게도 말을 잃은 사람들이 소통하는 방식에 수화가 있다. 손짓으로 바깥 세계를 향해 다양한 의미와 감정의 빛깔을 담아 보내기도 한다. 중세기의 응접실에는 초상화들이 많이 걸렸는데 그림 속의 주인공들은 머리와 옷이며 장신구들로 한껏 성장을 하고 있다. 그들의 손에 빛나는 보석들에서 귀족들이 자신의 사회적 지위와 부에 대한 과시욕을 엿보게 된다.

며칠 전 한 장 사진 속에 빠져든 일이 있다. 가느다란 화필을 들고 있는 화가의 손에서 눈을 뗄 수가 없었다. 뒤틀린 손가락이 보이고 소매로 손목을 감싸 붓과 함께 묶은 손은 더 이상 그림을 그릴 형편이 못됨을 여실히 보여준다. 모네가 백내장을 앓은데 비해 그는 지독한 류머티스 관절염을 앓느라 매일을 고통 속에 보내고 있었다. 그의 손은 나무뿌리처럼 울퉁불퉁하고 비틀어져서 도저히 화가의 손이라고 말할 수 없을 정도였다. 누군가 화필을 쥐어주지 않으면 그림을 도저히 그릴 수 없는 지경이 되었다.

그러나 휠체어에 앉아 모델을 바라보는 그의 눈빛은 살아있었다. 창밖을 향해 앉은 중년여인에게 몰입한 모습이다. 화폭에는 시선을 멀리 두고 생각에 잠긴 여인이 앉아 있다. 한 손은 무릎에 얹은 책을 짚고 있고, 팔걸이에 늘어뜨린 다른 손은 길고 가늘었다. 책 속에 주인공이 되어 헤매고 있을 여인의 모습은 거의 완성된 듯한데 미진함이 남았을까. 아직도 담아내지 못한 여인의 아름다움을 완성하기 위해 화가는 붓을 잡고 고민하고 있다.

그는 프랑스의 대표적인 인상주의 화가이다. 그의 그림을 보고 있으면 아름다운 색조들이 버무려져 무척 따뜻하다. 특히 여인들을 보고 있으면 사랑하지 않을 수 없을 것 같은 분위기를 연출한다. 빨강, 노랑, 파랑, 초록의 색조들이 선명하게 물결치듯 한다. 그의 풍경화도 좋아하지만 소녀의 빛나는 눈과 환한 표정이나 중년 여인들의 아름다운 자태를 보고 있으면 행복감이 밀려온다. 그가 세상을 바라보는 시선이 어떠했나를 짐작할 수 있다.

어쩌면 쓸모없어 보일 수도 있는 손. 여느 환자 같으면 모든 것을 포기하고 말았을 것이다. 그러나 어떤 고통도 그의 붓을 꺾지 못했다. 그의 뒤에는 아내 사리고의 배려와 격려가 있었다. 나이가 들면서 심각한 관절염에 시달리는 남편을 위해 남 프로방스 지중해가 바라보이는 카네쉬르메르로 거처를 옮겼다. 강수량이 매우 적은 곳이라 조금이나마 관절염의 고통에서 벗어날 수 있었고, 아내는 언제나 뒤틀린 그의 손에 붓을 묶어 주었다. 그림에서 전성기 시절의 붓 터치를 느낄 수 있었고 색채들이 오묘하게 생명이 약동하는 작품들을 계속 창작했다. 노환과 지병 따위는 그에게서 창작열을 빼앗지 못했다.

나도 손이 오그라드는 것을 경험한 적이 있다. 화상을 입었던 때를 떠올리면 몸서리가 쳐진다. 곧바로 수돗물을 틀어 손을 식혔지만 손바닥은 뻣뻣해지고 점점 뜨거워져 병원으로 달려가는 동안 통증으로 펄펄 뛰었다. 치료받는 내내 손이 잘못 될까 노심초사하던 일은 잊을 수 없다. 새살이 돋아날 무렵, 오므린 손을 펴면 거즈에 피가 묻어나고 쓰렸다. 의사는 진물로 말라붙은 거즈를 사정없이 잡아당긴 뒤 소독약을 발랐다. 지옥 같은 치료가 두려워 멀리서 병원 간판만 보여도 외면했다. 거의 나아갈 무렵에는 '이제 손금이 없어졌으니 팔자가 바뀌려나' 엉뚱한 기대를 했다.

내게도 노년의 르누아르와 같은 상황이 닥친다면 그처럼 작가정신을 보여줄 수 있을까 싶다. 역사의 한 획을 그은 대가이면서도 미진함이 남아 있었던가. 끝나지 않은 예술가의 길을 명징하게 보여주는 사진이다. 오로지 그리고 또 그리는 일만이 자신이 할 일이라면서 나에게 무늬만 작가로 살 거냐고 꾸짖으며 쓰고 또 쓰라고 정색을 한다. 그저 나이와 시간 타령만 하며 작가의 문지방을 겨우 넘어서놓고 툭하면 붓을 꺾을 것처럼 게으름을 피우고 있으니 말이다.

소도둑놈발

소도둑놈발이 어쩌고 하는 말이 귓속으로 날아들었다. 얼른 치마로 발등을 덮는다. 내 탓이 아닌데 괜히 주눅이 들었다. 외씨처럼 조붓하고 예쁜 발이 못내 부러웠다. 여고를 졸업하고 거리를 걷다가 쇼윈도우 속에 한껏 곡선을 그리며 뽐내는 구두들을 한참이나 들여다보며 마음을 빼앗겼다. 빨간 구두가 유난히 신고 싶었다. '똑똑 구두소리 빨간 구두 아가씨' 노랫소리가 그 거리에서 자주 흘러나온 탓도 있을 것이다. 어느새 음악에 맞춰 걷는 나를 발견하게 된다. 신데렐라의 유리 구두처럼 신어보고 싶은 구두다. 225미리정도쯤 되는 작은 구두가 굽 높이까지 그리는 곡선미는 여성의 아름다움이 발끝에서 마무리되는가 싶었다. 하지만 바라보는 것으로 만족해야한다. 억지로 발을 끼워 넣으면 안 되는 신데렐라의 언니와 같은 처지다.

나이에 따라 쏠리는 곳이 바뀌는 것 같고 그 정도가 심해진다. 사랑이 전부라고 믿었던 때가 있나 하면 취미에 따라 먹을 갈거나 들꽃에 빠지고 산을 좋아했다. 세상은 어딘가 미치라고 부추기고 덩달아 춤추느라 홍청거린다. 새로운 것을 만드는 이가 있고 그것을 사냥하듯이 찾아다니는 사람들로 풍성해지고 주머니는 늘 헐렁하다. 재테크에 미친 사람, 일에 미친 사람, 공부에 미친 사람, 정치에 미친 사람, 복권에 미친 이들까지 이루 헬 수가 없다. 미치지 않을 수 없고 미쳐야 산다고 한다.

길게 살면 좋은 세월이 돌아온다는 말이 맞나 보다. 이제는 소도둑놈발이라는 누명을 벗어도 된다. 내 신발은 잘 나가는 사이즈라서 세일 때에는 일찌감치 매진되어 아쉬움마저 느낀다. 배고픔보다 비만을 걱정하고 아줌마의 목소리가 담을 넘은 지 오래다. 이웃나라도 전족을 풀고 발의 자유를 얻을 만큼 변했다. 나 같은 사람도 맨발로 샌들을 신을 수 있게 되어 더 이상 소도둑놈발을 걱정하지 않아도 된다. 아직은 책에 미치는 일이 남았지만 몸이 나를 다시 발로 몰아가고 있다. 최근에 신발장을 열다가 신발에 미친 게 아닌가 싶었다. 신발을 오래 신고 있으면 온몸에 피로가 몰려온다. 가벼운 쇼핑에도 쉽게 지쳐 하나둘 사 모은 것들로 신발장이 비좁다.

뾰족한 구두를 신고 걸으면 허리가 울린다. 얼마 못가서 신발을 벗고 다리를 쉬어야 한다. 쿠션처럼 창이 부드러워야 발이 편하다. 바닥이 얇은 구두가 날렵하고 멋스러운 걸 모르는 바는 아니다. 발바닥이 아프면

신이 고문하는 것 같다. 체중 줄이는 운동을 하려면 발이 편해야 한다. 아쿠아 신발, 운동화, 등산화, 부츠와 장화, 한복에 맞춘 가죽신과 고무신, 정장에 어울리는 굽이 있는 구두들, 헤지지 않아서, 싫증난 신발까지. 평상복과 어울리지 않는 운동화를 자주 신는데 모양이 없다. 두 발을 위해 이렇게 많은 신발이 필요한가.

새 신을 사왔을 때 어떠냐고 물으면 남편의 대답이 시큰둥하다. 눈은 '너 미쳤니'하는 것 같다. 일부러 그러는지 흥부신발을 고집하며 새 신을 사자고 끌면 한사코 뿌리친다. 세 켤레와 비하면 나는 신발에 미친 것이라 하겠다. 지금은 빨간 구두가 안중에 없다. 오로지 내 발을 편하고 자유롭게 해주는 신을 만나는 일이 중요하다. 그 신을 향해 내 미친 증상은 멈추지 않을 것 같다.

봄은 저만치서 분명 힘들게 오고 있으리라.
벚꽃이 무르익을 봄날은 오고 말 것이다.
제 빛깔을 지닌 것들이 다른 꽃들과 어울려
한바탕 봄 굿판을 벌이는 것이다.

3

동여매다

선달 씨, 어떻게 좀 해봐요

– 피터 H.글렉 지음 『생수, 그 치명적 유혹』을 읽고

요즈음 들어서 선달 씨 생각이 자주 납니다. 생수 파는 이들 때문에 수돗물이 찬밥 신세가 된 것을 두고 볼 수가 없어요. 생수가 지난날 길거리에서 만병통치약을 팔던 약장수처럼 말만 번드르한 것들이 많다고 하니 말입니다.

당신은 대동강 물을 오천 냥에 팔아 묵고 부자가 됐습니까? 허풍이나 치며 떠돌던 생활을 접고 처자식들에게 등 따시고 배불리 먹였는지요? 지금 생각해도 그런 기상천외한 발상이 놀랍습니다. 본디 물이라는 게 주인이 있답디까? 콧대 높은 한양 상인들 골탕 먹여 허튼수작 못하게 쫓아내려고 한 일이라는 걸 알아요. 닭을 봉이라고 하고서 원님께 진상하더니 에멜무지로 닭장수를 골탕 먹인 위인이니까 여부가 있겠습니까? 당신하고 닮은 삿갓 쓴 과객이 원님을 골탕 먹일 때는 속이 다 후련해서 통쾌하더니 당신이 한 일은 왠지 씁쓸하네요. 당신의 배포를 조선 사람

들이라면 모르는 이가 없을 뿐 아니라 지금까지도 입소문으로 전해올 정도니 허풍이 대단하기는 합니다.

당신을 닮은 사람들이 요즈음 세상에는 넘치고 넘쳐요. 어쩌면 당신도 혀를 내두를 겁니다. 그들이 팔아먹은 물은 대동강물의 몇 배나 되는 줄 아십니까? 큰 강물에서 오지의 샘물까지 심지어 땅속의 물을 퍼내려고 쇠파이프를 박아 빨대처럼 뽑아 올리죠. 사람들이 좋아할 만한 물이라면 적도가 아니라 남극과 북극의 물까지 가져다준답니다.

'이 물은 적도 무역풍을 따라가며 정화된 빗물에서 시작됩니다. 화산암지대를 필터 삼아 수백 년의 정수과정을 거칩니다. 사람의 손이 닿지 않은 채 저장된 물이 수맥이 분출하는 힘으로 솟구치는 것을 병에 밀봉한 것입니다.'

이보다 더 좋은 물이 어디 있겠어요. 하지만 그 물에는 수돗물보다 40배나 많은 박테리아가 나타났으며 비소가 리터당 6밀리그램이나 검출되었다는 실험 보고서가 나왔다지 뭡니까. 북극곰이 살 곳을 잃어버리고 얼음덩이를 딛고 떠내려가는 광경이 눈물겨웠습니다. 물이 씨가 말라 어느 날 갑자기 땅이 폭삭 꺼지는 속으로 차가 들어가고 집이 내려앉는 것도 봤답니다. 그러거나 말거나 아직도 땅속에 빨대를 박으려고 안달이니 걱정입니다.

그래도 정직한 물이라면 다행이지요. 수돗물을 넣고 엉뚱한 천연암반

수라고 뺑을 치는가 하면 제대로 검사를 하지 않아 오염된 물을 마시게 도 합니다. 미녀가 에스라인을 뽐내며 나처럼 날씬하고 아름다워지라고 미소를 짓습니다. 이보다 순수한 물은 없다며 알프스와 빙하를 그려 넣고 광고를 엄청나게 때립니다. 우리야 거기까지 가볼 수도 없고 본다고 다 아는 것도 아닌지라 그저 믿고 마셨지요. 특별한 생수를 마신다고 으스대는 이도 있다네요. 모조 보석 장식까지 붙은 잔에 담긴 보통 물이나 이국적 장소에서 마법의 과정을 거쳐 병에 담긴 것처럼 보이는 '특상급' 생수를 사는데 50달러가 넘는 돈을 내면서 마시는 것이 과연 잘하는 일일까요? 물맛이 어쩌고저쩌고 하며 물맛을 보는 소믈리에까지 등장했으니 웃을 일 아닙니까? 물맛은 취향과 사람에 따라 다른데 말입니다. 차이가 있다면 지극히 미묘하다고 하겠지요. 실험해 보니 서로 다른 생수와 수돗물의 맛을 구별하는 사람은 거의 없었다고 해요.

저도 한동안 이상한 물에 빠진 적이 있었답니다. 육각수가 어쩌고 살아있는 물이라고 해서요. 에모토 박사는 '고맙다, 사랑과 감사'의 글자를 적은 종이를 물병에 붙여놓았더니 물의 결정체가 아름답게 구성되었고 '아돌프 히틀러'를 붙인 병속의 물은 흉악한 결정을 보여준다고 한 책을 읽고 감동을 받아서 그렇게 따라 했답니다. 마법의 물에 대한 이야기는 종류도 많지만 수돗물을 두려워하게 만들어 제물로 삼은 겁니다. 화장실과 같은 수도관에서 나오는 물을 마시겠느냐고 겁줄 때는 주눅이 들기는 합니다. 수돗물에 대한 안 좋은 기억들이 있어서 집안에 수돗물이 나오지만 믿을 수 없다고들 하지요.

동이로 물을 긷던 아낙이 두레박으로 샘물을 퍼 올리다가 펌프질하며 물을 푸니 얼마나 힘을 덜었습니까. 거기다 수도꼭지를 틀기만 해도 물이 쏴아 쏟아지니 요술이었지요. 운동장에 뛰놀던 아이들이 몰려가 입을 대고 마시고 얼굴을 씻던 급수대는 이제 찾아볼 수 없어요. 책가방, 기내 서비스, 호텔 객실, 회의실, 식당까지 생수가 자리를 차지해요. 사람들은 차를 타고 생수를 사러 마트에 갑니다. 집에서 나오는 수돗물은 설거지 때나 쓰는 천덕꾸러기 신세가 된 겁니다.

머잖아 지구는 사막이 될지도 몰라요. 어느 곳은 물이 없어서 식물이 자라지 않아 동물과 사람이 배고프고 병들어 죽어가고 있습니다. 물처럼 흔한 게 없다고 흔전만전 쓰던 옛날이 그리워집니다. 북청물장수가 머리맡에 붓는 물소리가 듣고 싶네요. 강으로 머리 감으러 가고 못물을 대던 도랑에 올챙이를 잡던 시절이 올까요? 당신이 한양 상인을 혼내주던 기지가 절실합니다. 더럽혀진 물을 그냥 마시고 싶지는 않아요. 거기다가 생수라고 어디 믿을 수가 있을까 싶네요.

그래도 선달 씨는 가짜 물은 팔지 않았고 짐짓 고향사람들을 지키려고 한양 장사꾼들이 딴짓 못하게 한 거라고 압니다. 양심을 속이는 이들을 당신이 벌하여 주었으면 해요. 그것도 통쾌하게 말입니다. 내 배불리자고 마구 물길을 망쳐놓는 이들이 이웃도 돌아보고 우리 자식들이 대대로 깨끗한 물을 먹고 살도록 눈을 부릅뜨고 제대로 혼내주세요. 기껏 물 한 병 마시겠다고 그 먼 거리를 이동해 와야겠느냐고. 썩지 않는 페트병 쓰레기가 지구를 덮치는 걸 용서하지 마세요. 그 시절의 강물처럼 모든 강들이 맑아지는 날까지 어떻게 좀 해봐요. 물이 제 길을 찾아 흐르는 그날에 선달 씨와 대동강 물로 건배나 한잔할까요?

고슴도치

여자는 한 마리의 고슴도치가 되어간다. 고슴도치 퍼포먼스를 벌이고 있는 여자의 등에는 2,500개가 넘는 바늘이 하얗게 꽂혔다. 여자의 팔뚝 문신에서 피가 흐르는 황소의 머리가 말해주듯이 시방 투우를 반대하는 일인 시위를 벌이고 있는 것이다. 투우사가 소를 향해 반데리아(작살)를 내리꽂듯 파니 파촌Fonny Pachon은 자신의 등에 기다란 침을 수천 개 맞으며 소의 고통을 느껴보는 것이다. 세상을 향해 이렇게 외치는지도 모른다. '너도 한 번 맞아볼래.' 쾌락을 위해 잔인하게 소를 학대하는 게임을 그만두라고 시위 중이다. 콜롬비아의 어느 지방도시 광장에서 제 몸에 스스로 가시를 심는 여자를 고슴도치라고 부를 수 있을까.

불을 끄고 자리에 누웠을 때였다. 명치끝이 뻐근해지면서 낮에 본 영상처럼 내 몸에 가시가 돋았던 오래된 경험 하나가 떠오른다. 날카로운 가시들이 하나둘 삐져나오는가 싶더니 어느새 머리와 팔다리에서도 나왔다. 그녀와 전화를 끊고 난 뒤 가라앉았던 앙금이 다시 일어났다. 낮 동안 따라다니던 불쾌감으로도 모자라 감정은 야행성인지 저수지에 고였던 불편한 심기들이 수면 위로 올라왔다. 나는 밤새 온몸에 가시를 뿜고 있는 한 마리의 고슴도치가 되었다.

그날도 학년 회식 장소를 의논하느라 휴게실에 다들 모였다. 어깨쯤에 내려온 파마머리를 뒤로 젖히며 뻣뻣한 걸음걸이로 느긋하게 들어오는 그녀가 마지막으로 도착했다. 편식하듯이 사람을 가려가며 사귀는 그녀가 알미웠다. 다들 식욕이 당기는지 메뉴들이 화려하다. 주변 경관도 좋고 송어튀김이 입안에 살살 녹던 맛을 떠올리며 송어횟집이 어떠냐고 했다. 그녀가 톡 튀어나온다. 부엌에서 피가 묻은 생선 대가리와 내장이라도 보았는지 비위생적이라며 온 얼굴이 갑자기 맛없는 얼굴로 변했다. 그러면 근사한 곳이라도 말하든지. 그녀에 대한 내 감정은 늘 떨떠름한데 역시나 그랬다. 사람들의 제안에 모두 시큰둥하니 반응한다. 학년주임은 분분한 의견을 조율하지 못하겠다는 듯 만만한 갈빗집으로 결론을 내렸다. 그날은 밀린 일들을 끝내고 쉬는데 전화가 왔다. 그녀다. 화해모드로 가는 줄 기대했는데 단짝인 김 선생의 집이 어디냐고 한다. '뭐 좀 전할 게 있어서' 라는 말을 여운처럼 남기고 전화가 먼저 딸깍 끊긴다. 직접 물어보든지 약 올리는 것도 아니고 하필 내게 물을게 뭐람. 내게서 미운 가시가 삐져나온 것을 그녀도 느끼고 있었을까.

며칠 전, 엘리베이터 문이 닫히려는 순간 덩치 큰 여자가 뛰어들었다. 이미 자리가 비좁도록 차 있었지만 사람들의 발걸음이 한 발씩 뒤로 밀리면서 겨우 문이 닫혔다. 지하 4층까지 내려가는 동안 손자를 앞에 세운 할머니가 아이 머리쯤을 향해 누르는 가방을 팔로 가로막고 아이를 보호한다. 고슴도치 새끼를 생각했다. 운신이 자유롭지 않자 할머니를 향해 가로막는다고 쏘아붙인다. 할머니도 지지 않고 들어갈 데도 없는데 아이가 다치면 어쩌냐고 맞선다. 얼굴이 닿을 정도로 좁은 공간에서 눈을 똑바로 뜨고 '같이 가려면 그런 건 참아야지' 갑자기 반말이다. 다음에 타든지 미안하다고 하는 게 상식인 것 같은 데. 험악한 분위기가 위태롭다. 그때 엘리베이터가 문이 열리고 여자는 뒤통수만 보여주고 쌩하니 멀어졌다. 어이없어하는 할머니의 얼굴이 남았다. 저마다 가시를 뿜는 고슴도치가 되어 가는가 싶다.

이런 추위에 가시가 많은 고슴도치들은 어떻게 겨울을 날까. 상대의 가시에 찔리기라도 할까 봐 서로의 체온을 나누지 못하고 떨어진 밤송이처럼 외롭게 웅크리고 있을 것이다. 마른 떡갈나무 잎들이 수북하게 쌓인 숲은 조금만 스쳐도 바스락 소리가 날 것 같다. 제 스스로 보금자리를 만들지 못하고 고사목의 뿌리 밑에서 잔뜩 움츠리는 고슴도치처럼 모두가 삭막한 세상을 살아가려면 저마다 가시라도 가져야 하는지. 서로가 가시를 내뿜으며 공격적이거나 가까이 다가오지 못하게 방어적이 되는가 보다. 늘 적당한 독을 체험하면서 사는 우리들도 독충을 먹어도 탈이 없는 고슴도치처럼 해독이 되면 좋으련만 자주 속을 끓이는 건 피할 수 없나 보다.

내 몸에서 돋아나는 가시들로 자주 사람들과 불화하거나 방어적이 된다. 파니 파촌처럼 바늘을 꽂으며 투우사가 던진 반데리야에 맞아 신음하는 소의 고통을 느끼며 '너희라면 이게 아프지 않겠니?' 라고 말하는 게 아닌가. 문득 내가 뽑아낸 가시에 찔린 이들을 생각한다. "제발 그만 둬." 환청과 함께 내게 꽂힌 가시들이 뽑혀나가는 게 아닌가.

동여매다

골경骨鯁의 계절

비집고 들어갈 틈이 없다. 바깥바람이 새어들지 못하게 창문을 꼭꼭 닫아걸고 모두 안으로만 향한다. 친친 동여맨 물상들은 한동안 추위와 싸우며 더디 가는 한 철을 견디리라. 먼 숲도 두꺼운 껍질로 동인 빈 가지들이 비탈에 섰다. 앙상한 뼈들 사이로 찬바람이 몰아치는 골경의 계절이다. 제 몸에서 쏟아져 나온 가랑잎들은 바람과 만나 구르며 심하게 바스락거린다. 위험하다. 어쩌면 숲을 태워버릴지도 모르니까.

김장독을 묻던 날

허리를 동여맨 배추들이 열 개가 넘는 텃밭고랑으로 넘어졌다. 지푸라기를 풀고 누렇게 말라붙은 떡잎을 떼어내었다. 속이 꽉 찬 묵직한 배추들을 마당으로 나르는 일에 동생과 내가 동원되었다. 그때부터 월동준비를 하느라 어머니의 손길이 바빠지고 허리가 휘는 시간이 오는 것이다. 칼로 밑동을 곧장 내리치자 노란 속살이 눈부시게 드러났다. 밤새 소금에 절인 아삭거리는 배추는 갖은 양념으로 붉게 물든다. 마당과 부엌이 어수선해지던 김장을 담그던 날의 풍경이다. 아버지가 뒤뜰에서 커다란 구덩이를 파느라 연신 삽질을 하실 동안 흙의 속살이 바깥으로 쌓였다. 독을 두 개 묻으면 배추김치와 물김치를 차곡차곡 눌러 담고 우거지를 얹은 다음 비닐을 덮어 고무줄로 단단히 동여매었다. 뚜껑 위로 눈과 바람이 스치며 독 속에서 천천히 숙성되는 김치는 우리들의 겨울 양식이 되었다. 푸성귀들이 나올 때까지 김칫독으로 가는 길은 언제나 춥고 써늘해서 쫓기듯 달리며 오갔다.

광장이 뜨겁다

이 겨울에 뜨거운 곳이 있다. 매스컴과 SNS를 통해 탱탱하게 부풀 대로 부풀어 오른 담론들로 나라가 들끓는다. 세상이 흔들리며 몸살을 앓고 있다. 서로 다른 이념이나 생각들 그리고 이해관계는 끼리끼리 동여맨 배추포기처럼 따로따로이다. 매인 끄나풀이 너무 단단하다. 바깥에서 내 안으로 스며들지 못하게 단단히 닫아걸고 무장한 채 독설을 뿜어내는 바람에 마음들이 서로 베이고 있다. 서로가 세운 날이 날카롭다. 광화문 앞에 갔던 날이다. 전광판 여기저기서 우렁찬 목소리들이 울려 퍼졌다. 박수소리와 구호들이 그 밤을 뜨겁게 달구었다. 시청 앞에서도 낮부터 저녁까지 이어지는 목소리와 태극기들, 세종대왕과 이순신 장군은 어떤 마음으로 이 광경을 지켜보고 계실까. 다양한 목소리를 들으며 그래 네 말이 맞다고 고개를 끄덕일까. 아니면 역사 속에 장면들을 일깨우며 호되게 나무라실까.

봄은 저만치서 분명 힘들게 오고 있으리라. 모든 꽃들이 제 목소리를 내며 춘쟁을 벌이지만 이곳에서의 밤은 매우 적대적이다. 단단하게 굳어버린 겨울강의 얼음들이 쩌렁쩌렁 갈라지는 소리가 들린다.

윤중로의 봄

동여맨 김칫독을 비우며 이 겨울을 지나왔다. 군둥내 나는 김치에 이제 입맛을 잃었다. 풋나물을 밥상에 올려 달아나버린 입맛을 되찾고 싶다. 계절을 거꾸로 돌릴 수는 없을 것이다.

남쪽으로 향한 목련꽃 가지에는 털북숭이 꽃눈이 점점 부풀고 있다. 꽃눈의 속살이 차오르고 있다. 머잖아 동여맨 껍질을 밀어내고 꽃등을 켤 날이 올 것이다. 동여맨 모든 겨울나기들은 끄나풀을 풀어헤치고 윤중로에도 벚꽃이 무르익을 봄날은 오고 말 것이다. 나무들이 성숙하는 겨울의 시간을 거친 뒤 여기저기 울긋불긋 서로 다투며 봄날을 노래할 것이다. 제 빛깔을 지닌 것들이 다른 꽃들과 어울려 한바탕 봄 굿판을 벌이는 것이다. 사람들의 맺힌 마음도 풀려나는 봄날이 올 것이다.

하루의 문들

오늘 몇 개의 문을 지나 하루를 마감했을까. 일곱 개, 아니 그보다 더 많은 문을 통과했을지도 모른다. 일어나자마자 화장실 문을 열고 닫았으며 냉장고 문은 또 몇 번이나 여닫은 뒤 식사를 끝냈을까. 옷장 문과 신장 문을 열고 닫은 후 현관문을 빠져나와 엘리베이터에 잠시 들렀다 나온다. 열린 지하철 문으로 들어갔다. 다행히 오늘은 환승하지 않아도 된다. 모였다 흩어지는 사람들은 또 몇 개의 문을 들락거렸을까. 일터에서 볼일을 보면서 무심코 드나들었던 문들을 굳이 헤아려 볼 생각도 않은 채 무심코 지나쳤을 것이다.

절망의 문 앞에 섰던 날들

닫힌 문 앞에 서면 왜 그리 서운한지, 꿈꾸던 공간을 차단한 채 굳게 다문 문은 벽처럼 막막해서 맥이 풀어진다. 그 안이 궁금해 서성거리며 문

틈으로 엿보던 날들, 그곳에 머문 사람들이 마냥 부러워 자신을 볶아댔다. 자물통으로 채운 문처럼 쉽게 열리지 않는 문은 누구나 들어가고 싶어 하는 문이었다. 공부하는 일이 열쇠를 얻는 일인가 싶다. 누구나 꿈꾸던 곳이 내겐 오르지 못할 나무였다. 명문학교에 다니는 학생들의 흰 줄무늬 교복만 봐도 주눅이 들었던 지난날, 마음은 자물통처럼 무겁고 캄캄했다. 들어가는 사람이 있으면 못 들어가는 사람이 있는 건 당연한데 왜 못난이처럼 굴었을까.

열등감으로 부대끼던 시간들은 치켜드는 교만에게 자주 찬물을 끼얹었다. 더러 이루거나 놓쳐버리면서 분수를 알게 되고 체념도 배웠다. 그 안에 들어가면 또 다른 문들이 밀어내며 나누기할 텐데, 그때는 들어가지 못한 것만 생각했다. 열두 개의 닫힌 문 앞에서 '열려라 참깨'를 외치며 지금도 들어가려고 애쓰는 이들에게 위로가 되어주고 싶다. 그 문만이 문이 아니라는 걸. 끝내 열어보지 못한 문들을 지나 별 탈 없이 잘 살아왔으며 스스로 만들어 들어갈 수 있는 문도 많다는 걸 알았다.

문을 닫아걸었던 때가 있었다

그 집은 그의 하숙과 멀리 떨어진 곳이었다. 처음 그 집에 들렀을 때 쉽게 열리지 않는 솟을대문이 떡 버티고 있었다. 제법 너른 마당을 지나 안채가 있고 내가 거처할 방은 건넌방이다. 그를 피해 왔으니 가능하면 마주치고 싶지 않았기 때문에 빗장을 지른 대문이 우선 안심이 되었다. 한때 행세깨나 하던 집으로 식구들은 모두 객지로 나가 있어서 세를 놓고 있었다. 살림을 차린 k는 시어머니와 함께 아이를 돌보며 안방에 살았다. 그가 찾아오기라도 한다면 말하기 좋아하는 k의 입단속은 어떻게 하지. 이별 통고를 한 후에 마음의 갈피를 잡지 못해 뒤척이던 밤이었다. 몇 주는 아무 일 없이 지나갔다. 불을 끄고 누었는데 문득 뒷문을 두드리는 소리가 났다. 못 들은 척하다가 한참 뒤 내다보니 역시 그가 찾아왔다. 공백기간은 내가 그를 얼마나 기다리고 있었는지 확인시켰다. 쌀쌀맞을 줄 알았던 나의 표정이 뜻밖이라 그가 오히려 놀랐다. 열리지 않도록 단단히 걸어둔 빗장을 스스로 열고 말았다.

열려 있던 우리 집 문처럼

공간으로 진입을 막는 벽에는 무수한 문들이 있었다. 나를 밀어내어 분리시키거나 받아들여 감싸 안기도 하는 벽은 선택된 이들에게만 문을 열어주며 거부의 몸짓을 보낸다. 그동안 원하던 공간으로 들어가지 못하고 밀려나 절망감으로 바라본 날이 많았다. 그렇다고 벽은 늘 가두지만은 않았다. 자신의 일부를 터서 문을 달았으며 벽은 문이 있어, 문은 벽이 있어 서로 의지가 되었다. 열린 문을 보면 허술하여 속없이 다 내보이는 기분이 들기도 하고 싸움 끝에 돌아선 사이, 마음을 닫아걸면 답답하다.

요즈음 닫힌 문 앞에서 자꾸만 서성거리게 된다. 내 식구인가 여겼던 사람에게 실망했을 때 그런 기분이 들었다. 문득 모든 것이 낯설어 보인다. 내가 꿈꾼 시간은 꽃살문처럼 아름다운 문이었을까. 어디서부터 시작된 것일까. 내 안에 욕심이 벽을 쌓은 것일까. 나는 늘 상식선에서 이야기하려고 했는데 관계는 상식의 너머에 있나 보다. 어쩌면 우리 집에 도둑이 다녀간 후 미덥지 못해 문들을 채우듯이 살았던 것일까. 내게 닫힌 문이 있는 줄 몰랐다. 허리에서 달랑거리던 뒤주와 곳간이며 반닫이 들을 열어줄 쇳대들, 물려줄 쇳대들이 갈 곳을 잃고 녹슬고 있다. 새로운 가족관계는 흘려보낸 숱한 시간 속에 기대와 좌절로 부침한다. 바깥에서 잠근 문은 스스로 나오지 못한다. 쇠와 물이 닿으면 녹이 슬듯이 보여주지 않으면 짐작도 안 되는 마음들. 쓸쓸한 방문에 자물통이 무겁다. 돼지꼬리 자물쇠처럼 쉽게 열리는 문을 가지고 싶다. 지루한 기다림은 언제 끝날 것이며 붕어 한 마리가 물고 있는 문에 자물통이 열리는 날이 오기나 하려나.

떨어진 단추

언제였을까? 지하철에서 아니면 시장같이 붐비는 곳에서 사람들과 스쳤던 순간을 떠올려 본다. 단추가 떨어져 나간 줄도 몰랐다. 어디에 정신이 팔려 사는지. 어쩌면 제 스스로 풀려나가 길모퉁이에서 밟히든지, 무심한 나를 떠나 침대나 화장대 밑으로 숨어든 것일까? 옷을 여미다가 단추가 없는 빈자리를 본다. 언제나 그곳에 있을 거라고 여겼는데 어느 날 슬그머니 곁을 떠났다. 앞섶을 여며주며 찬 기운이 스미지 못하게 몸을 따뜻이 감싸주던 단추들. 옷의 완성은 단추를 다는 일이 아닐까 싶다. 빠져나간 빈자리를 보며 느슨하게 매달려 있던 그때 다잡아 꿰매지 못했던 걸 후회한다.

얼마 전에 읽었던 책 『무연사회』는 오래 마음을 아프게 했고 이른 아침 공원 벤치에서 들려오던 노숙자의 울음소리를 떠올리게 했다. 온몸으로 우는 울음소리는 뼛속에서 나오는 것 같았고 공원이 우렁우렁 거리는 듯했다. 우리들 곁에는 언제부턴가 떨어져 나간 단추처럼 제자리를 잃고 세상 밖으로 내몰린 이들이 늘어났다. 추레하게 허물어진 모습을 보는 마음이 편치 않다. 잘 다니던 직장에서 밀려나면 무능한 가장이 되거나 돌보는 이 없는 세상으로 떠도는 것이다. 남에게 떠밀려서 아니면 스스로 견디지 못해 인연이 끊어진 자들이다. 저마다 사연을 안고 벤치에서 시간을 죽이고 길거리와 역사로 나와 끼니를 구걸하며 바깥 잠을 자는 이들. 외면할 만큼 우리들의 인연의 고리가 단단하지 않음을 일깨워줬다.

'혼자 사는 게 편해, 무자식이 상팔자야.' 쉽게 내뱉는 소리를 듣는다. 구직난에 구조조정이라는 말을 심심찮게 듣다 보니 나온 말이리라. 자식 키울 걱정할 필요 없고, 나만 먹고 살면 된다는 생각에서 독신자를 부추기는 세상이 된 것인가. 주변에는 혼자 사는 이들이 많다. 부부가 헤어지고 백세를 바라보는 이들이 늘어나면서 남에게 신세지기 싫어하는 이들은 핏줄을 멀리하고 살던 곳을 떠나온 터라 주검마저 거두어 줄 이가 없게 되었다. 혼자 죽음을 맞고 시간이 한참 흐른 뒤에야 발견되는 일이 잦다. 이런 여러 사례들을 NHK에서 취재한 글을 읽었다. 다른 나라 이야기가 아니라 우리 모두의 미래, 아니 내 모습일지도 모른다는 생각에 몸서리를 쳤다.

손자가 단추 다는 법을 가르쳐달라고 했다. 열 살짜리가 바느질을 하겠다니 기특하다. 단추를 모아둔 통을 열었다. 둥글고 큰 단추가 비스킷을 닮았다. 잃어버린 단추 하나 때문에 나머지 네 개를 떼어내고 새것으로 바꾸느라 뜯어낸 것이다. 하얀 조가비 같은 와이셔츠 단추들과 큐빅으로 장식한 예쁜 소매 단추가, 잃어버린 단추 하나 때문에 주인에게서 떨어져 나와 여기 모여 있다. 어느 옷의 단추들인지 잊어버린 것들이 크고 작게 서로 다른 모양이다. 사연들을 가지고 모여서 기다리는 시간이 오물고물거린다. 바느질이 쉽도록 커다란 단추를 골라 들었다. 오버코트의 단추가 오늘처럼 뽑혀 나와 새로운 인연을 맺게 되는 경우는 드물 것이다.

도토리깍지에서 떨어져 나와 다시 돌아갈 수 없는 자신을 스스로 도토리라고 말하는 기노시타 씨. 그의 마지막은 그래도 희망이었다. 이혼 후 고향을 떠나서 낯선 곳에서 노동을 하며 독신으로 보냈다. 공원에서 만난 여자아이는 그의 딸을 떠올리게 했다. 사진의 모델이 되어달라는 부탁을 하며 보육원장의 아이와 맺어진 인연은 그의 인생을 바꾸었다. 보육원 일을 맡아 해주며 친분을 쌓아가던 그에게 딸의 교통사고 소식은 자책감으로 또다시 세상과 통하는 문을 닫았다. 그때 마음의 창을 열어준 것은 새로 인연이 된 자매들이었다. 아저씨의 집에 굳게 닫힌 창문을 열게 했고 그리로 주먹밥을 만들어 나르던 자매가 걸었을 지붕으로 난 길을 떠올린다. 푸른 하늘에 구름처럼 마음이 부푼다. 다시 마음을 열고 아이들 곁에 머물렀다. 숙제하고 놀고 자라는 과정들을 엮은 사진첩을 결혼할 때 넘겨주었는데 보물처럼 간직하고 있다. 자매와의 아름다운 인연은 아저씨의 묘를 참배하며 계속 이어간다. 한 편의 따뜻한 동화를 읽은 것 같다.

인연이 없어지거나 멀어져 쓸쓸함이 묻어나는 현실이라는 걸 공감한다. 독신으로 지내는 남동생의 모습이 어른거린다. 외딴섬처럼 멀리 뚝 떨어져 지내면서 오래 만나지 못했다. 그동안의 느슨한 실오리를 다시 다잡아 보리라.

엘리베이터

사람들이 우르르 몰려간다. 지하철 문이 열리자 거의 뛰다시피 걸어가는 곳은 엘리베이터 앞이다. 순식간에 두 줄이 길어지고 걸음이 느린 노인들은 맨 뒤에서 구부정하게 섰다. 도착한 엘리베이터가 사람들을 토해내자 기다리던 이들이 통속으로 비집고 든다. 삐삐 소리가 난다. 억지로 끼어들던 사람이 멋쩍은 얼굴로 내린다. 만족한 얼굴들은 타지 못한 노인들보다 두 다리가 성한 젊은이들이다. 닫히는 유리문으로 다소 민망한 얼굴들이 올라간다. 유독 이곳에서 노약자들이 밀려나는 광경을 보는데 지하 4층이라 그런가 싶다.

어느덧 엘리베이터는 생활 가운데로 깊숙이 들어왔다. 편리한 것들로 길들여진 탓에 조금이라도 덜 힘들고 쉽게 가는 길을 찾는다. 늘 높은 곳을 동경하는 눈은 새를 열망하며 높이 날아오르고 싶어 했다. 도시에 고층 아파트가 숲을 이루고 사람들은 날마다 아침이면 공중에서 세상으로 내려온다. 밤이면 타워의 불빛이 아름답게 빛난다. 엘리베이터가 나온 뒤로 하늘 높이 올라가는 집을 짓기 위해 경쟁이다. 백층이 넘는 건물을 자랑하는 시대가 되었다.

지하철을 타려고 지상의 엘리베이터 앞에서 버튼을 누르고 기다릴 때다. 유리벽으로 커다란 바퀴가 돌고 여러 개의 줄이 움직이더니 내가 타려는 통이 올라왔다. 우리는 도르래로 우물에 물을 긷던 두레박을 날마다 타고 내리는 셈이다. 지하철을 타려면 지하 갱도 같은 곳으로 내려간다. 많은 사람들이 금을 찾아 나서듯이 몰리는 이곳도 여러 노선이 겹치면 땅 위보다 땅 밑에 사람들이 더 많은 게 아닌가 싶다. 폭설이라도 내리는 날에는 지하철이 지옥철로 불릴 만큼 난리가 난다.

엘리베이터가 움직이는 것은 반대편에 무게가 같거나 조금 더 나가는 추가 있어서다. 마치 시소를 타듯이 내가 올라가면 추는 내려가고 내가 내려가면 추는 올라간다. 그 균형을 잡기 위한 움직임 속에 우리가 놓여 있다. 쇠줄이 톱니가 제어하는 역할을 하도록 도와주는 것이다. 보이지 않는 곳에서 누군가 나를 들어 올리는 무게가 있었을 거다.

나무는 지금 우듬지에 도르래 하나 걸어 놓고 초록의 기억을 하나씩 지우고 있다. 물드는 단풍을 보며 마음의 추가 균형을 잡지 못하는 날이다. 삶을 돌리는 도르래의 축이 미끄럼을 잘 타야 한다. 내 삶을 돌리는 추가 무엇인지 고민한다. 때때로 힘을 주어야 할 때가 있듯이 더 큰 힘으로 누르지 못하면 한쪽이 힘을 빼야 움직인다. 나는 지금 내려갈 때인가. 반대편에서 올라가며 무게 중심을 잡아주는 이는 누구인가. 흔들리는 가운데 균형을 잡아가는 엘리베이터 앞에서 답을 묻는다.

횡단보도

나비 한 마리가 차동차 위를 가로지른다. 꽃을 찾아가는 길일까. 신호 대기 중인 차들이 움직이자 휘청거리다 순간 눈앞에서 사라졌다. '어쩌나, 부딪치면 안 되는데' 하며 시선을 떼지 못하는데 상가 처마 밑으로 가뭇없이 사라진다. 다행이다. 놀란 가슴을 진정시킨 뒤 능소화 곁으로 다가가려나. 사람들끼리 선을 긋는 약속의 시간에 나비는 제외되었기 때문이다.

뒤늦게 횡단보도로 뛰어드는 사람들을 간혹 본다. 깜빡거리는 초록의 숫자가 몇 개 남지 않았다. 신호를 기다리는 짧은 몇 초를 못 견딘다. 운전자와 눈을 맞추었다고 여겼는지 신호가 바뀌었지만 그대로 간다. 벌써 전투태세를 갖추고 출발선에서 기다리던 운전자가 쌩하니 지나간다. 그 사람은 차들에 갇혀 섬이 된다. 불안한 시간을 비집고 나가 겨우 도로를 벗어났다. 나비처럼.

다음 신호를 기다리면 정말 안 되었던가. 마음이 급하기는 운전자도 마찬가지다. 신호대기 시간은 어떤 사람에게는 한없이 지루하고 어떤 사람에게는 한없이 짧게 여겨진다. 나도 횡단보도에 파란불이 켜져 있으면 무조건 달리는 버릇이 있었다. 그러다 넘어져서 오지게 다친 뒤로는 뛰지 않는다. 통행이 허락되지 않은 장소에 제 몸을 마구 던져버릴 어리석은 사람은 없다. 걸어가는 사람들에게만 허락된 장소, 횡단보도는 질주를 멈추게 하는 곳이다.

횡단보도에 초록불이 켜지면 열린 수문처럼 마주 오가는 사람들로 붐빈다. 옷깃만 스쳐도 인연이라면 이보다 더한 장소가 있을까. 그 짧은 순간의 스침과 바라봄을 하루에도 몇 번이나 경험하는 곳. 무심한 공간에 관심을 보인 사람들이 있었다. 한 무리의 젊은이들이 공연 준비 중이다. 검은 바닥에 흰 테이프를 간격에 맞춰 붙이니 하나의 횡단보도가 완성되었다. 드디어 음악이 흐른다. 애절한 음성으로 이적의 '거짓말'을 부르는 목소리.

그대만을 하염없이 기다렸는데
그대 말을 철석같이 믿었었는데
찬바람에 길은 얼어붙고
거짓말 거짓말 거짓말

애절한 사랑과 이별의 아픔이 느껴진다.

한 무리의 행인들이 걸어간다. 마스크를 쓴 사내가 걸어가고 양산을 들고 출렁거리는 걸음으로 걷던 여자, 휴대폰을 들여다보며 기계음에 귀 기울이던 청년과 부딪힌다. 청년의 걸음이 흔들린다. 건너편을 바라보며 달리는 가방을 든 중년의 남자가 스치고, 절룩거리며 걷는 저 노인은 신호가 바뀌기 전에 다 건널까 싶다. 맞은편에서 급하게 달려오는 사람이 틈새를 헤치고 간다. 한 여자가 횡단보도에서 쓰러진다. 사람들이 이리저리 쏠린다. 또 한 여자가 쓰러진다. 쓰러지는 사람들이 늘어난다. 구급대를 부르는 소리가 난다.

배우들이 말없이 몸으로만 보여준 무대는 텅 비고 횡단보도 위에 흰 페인팅만 사고의 흔적을 남겼다. 야외공연이 끝난 무대에서 띄운 빨간 풍선 하나가 빌딩 사이로 사라진다. 하늘이 푸르다.

대부분 순간의 모습을 깊이 보지 않는다. 반복되는 그 같은 상황이 내게도 올 수 있다. 여운처럼 내게 남는 말이 있다.

'사람들은 어디로 가는가. 이 작은 공간을 수많은 이들이 오가며 짧게 스칠 때마다 마주 오는 이들에게 가벼운 눈인사를 나눌 여유는 없을까? 기다리는 몇 초의 조급함을 누그러뜨릴 수 없는지. 목적지를 향해 달려가면서 이곳을 빨리 벗어나려고만 했지, 다른 것은 보지 못한다고. 그 많은 스침에 대해 곧 잊어버리는 일상이 반복될 뿐이 아닌가.'

흔들리는 바른 손

밥술을 뜨고 휴대폰을 터치하고 머리에 빗질할 때마다 언제나 오른손이 먼저 나선다. 내게 오른손은 늘 든든하고 미덥다.

나도 모르게 두 손에 생긴 노동과 휴식의 경계. 왼손이 핸드백 하나 달랑 들고 나설 때, 장바구니 들고 따라가는 오른손은 황소처럼 일했다. 왼손목에 차고 있는 시계는 오른손에게 명령하며 종일 부렸다. 출퇴근하는 지하철에서도 오른손으로 흔들리는 몸의 중심을 잡다가 늦은 밤 자리에 누워야 일에서 풀려났다. 그리고 외출을 할 때 왼손가락에 반짝거리는 반지를 끼워주지만 손마디가 불거진 오른손은 늘 허전하다.

내게 오른손은 바른 손이었다. 밥상머리에서 왼손이 눈치 없이 나서다가 꾸지람을 듣던 동생은 주눅 든 오른손으로 밥을 먹으며 자랐다. 고무줄 놀이할 때도 왼쪽에서 불쑥 뛰어드는 바람에 당혹스럽던 동생은 훼방꾼이었다. 내가 가는 곳이면 어디든 따라다녀 따돌리느라 애를 먹었다.

어느 해 크리스마스 전날이었다. 동네 친구들과 윷놀이 판을 벌이고 있을 때였는데, 머슴애들은 소녀티를 벗어나는 계집애들에게 호기심이 많았다. 이긴 편이 진 편의 손목을 때리게 되었는데 살살 건드리듯 하는 머슴애들에 비해 계집애들 몇몇은 장작이라도 팰 요량인지 손끝을 호호 불어가면서 내리쳤다. 분위기가 좀 썰렁해지고 끝날 무렵, 동생이 옆집 친구와 창 너머로 훔쳐보는 것 같아 신경 쓰였다. 아니나 다를까 집에 돌아오니 분위기가 싸하더니 엄마가 불러 앉혔다. 오늘 일을 모두 일러바친 뒤였다. 그 애는 내가 잊어버린 것들을 나보다 더 잘 기억한다. 친구들의 이름과 일어났던 일들을 너무 잘 기억하고 있어서 때때로 물어볼 정도다. 그 바람에 소꿉친구를 사십이 넘어서 다시 만나게 되는 극적인 일도 있었다.

밥 먹고 설거지하고 글쓰기까지 오른손으로 하는 동안 왼손은 오른손의 들러리였다. 어느 날 내 등뼈 오른쪽 견갑골을 불쑥 튀어나오게 한, 편중된 손의 이력을 확인하게 되었다. 저고리를 입었는데 한쪽이 솟았다고 말해줘서 비로소 알았다. 엑스레이 사진을 찍어보니 어느새 내 몸을 떠받치는 기둥이 휘어져 있어 놀랐다. 날개가 돋는 것도 아니고 한쪽으로 치우쳤던 오른쪽의 반란이다.

천석꾼이 되려고 할아버지는 언제나 들에서 시간을 보냈는데 막걸리로 기운을 돋우며 등에서 지게를 내려놓지 않았다고 한다. 막내였던 아버지는 사무직으로 평생을 보내셨지만 할아버지의 부지런함을 닮아 닭이 홰를 치면 어둑한 마당으로 나섰다. 우리들은 아버지의 비질소리를 들으며 잠을 밀어냈다. 무거운 것들을 너무 많이 들어서인가. 척추가 휘어 한쪽으로만 누워 주무시는 것이 그저 답답했다. 그때는 기역자로 꼬부라져 바로 눕지 못하는 아버지의 고통을 모르다가 이제야 보인다.

그동안 심심했을 왼손을 바라본다. 손을 다쳐 보름 동안 깁스를 했을 때 말고는 오른손이 힘든 일을 감당했다. 다시 왼손으로 숟가락을 드니 힘이 없어 국물이 흐른다. 젓가락은 아예 꿈도 꾸지 못한다. 균형을 잡아보려고 했지만 왼손에게 나누어준 무게를 이기지 못하고 이내 제자리로 돌아왔다. 왼손이 할 수 있는 건 오른손이 잠시 맡긴 물건을 들고 있거나 핸드백을 걸치는 정도였다.

사람은 오른손으로 악수를 한다. 어쩌다 왼손을 내밀면 무안을 당하기 십상이다. 늘 바른 손이라고 가르침을 받아서, 정해진 길을 벗어나면 가만히 있지 못한다. 바른 손을 쓰지 못했던 왼손잡이들의 주눅 든 마음을 헤아려볼 생각조차 못했다. 바른 손을 그리워한 이들도 있을 것이다. 오른손의 시간들이 지금 흔적으로 남은 휜 등뼈, 너무 바른 손을 고집하는 바람에 내게서 멀어져간 사람들이 있을 것이라는 엉뚱한 생각이 스친다. 내게 불편했던 왼손이 그에게는 가장 믿을 수 있는 손이었을 것이다.

무엇이 나를 오른손잡이로 그를 왼손잡이로 만들었는지 모르지만, 왼손은 늘 반대편에서 심기를 건드렸다. 어쩌면 정해진 규칙에 따라 바른 잣대를 들이대는 내 표정과 말속에 녹아 있는 가치가 무심결에 그에게 흘러들었을지 모른다. 가까운 사람이 흘려보내는 몸짓은 그냥 넘기기 어렵다. 돌아보면 바른 손으로 사는 이들이 많은데 왼손은 이제 제 목소리를 낸다. 굳이 왼손을 말리지 않는다. 오히려 세상이 왼쪽으로 돌아가는가 싶게 이해할 수 없는 생각과 행동이 나를 후벼 팔 때도 많다. 불면의 밤을 보내며 이제 왼손의 입장에 서 보아야 할 것 같다. 오른손만 고집했던 내가 흔들리고 있다.

편하고 안전한 길을 선택했던 나는 굳이 왼손 오른손으로 분별하지 않으련다. 흔들리는 것은 균형 잡힌 몸매를 위한 융통성이기도 하리라. 컴퓨터 자판기를 두드릴 때처럼 양손을 똑같이 쓰는 날이 올 수 있으려나. 왼손을 오래 들여다본다.

꽃피는 봄날

여기 하나의 눈으로 세상을 보는 사람이 있다. 그가 보는 세상에 꽃이 피고 있다. 어디 처음부터 꽃이 피었을까마는 꽃들이 피는 그의 전시실 안은 눈이 부시다. 하나의 발로 세상을 딛고 선 사람이 피운 꽃이다. 뜨거운 피를 가졌던 스무 살의 나이에 발밑의 지뢰가 터지는 사고로 잃어버린 것은 눈과 발만이 아니다. 세상은 캄캄한 어둠 속에 갇혔다. 무덤 같은 슬픔이 온몸을 삼키고 통증이 할퀸 자리는 그의 배경이 되었다. 흙빛인가하면 보랏빛으로 또는 심해처럼 깊어진 수많은 날들이 겹겹이 쌓였다. 생채기마다 눈물은 하염없이 흐른다. 멈출 줄 모르던 슬픔도 이제 훔치지 않고 흐름에 맡길 수 있게 되었다. 화선지 위에 물먹은 슬픔이 흘러내리도록 내버려두니 이제 슬픔마저도 차라리 자유로워졌다. 용서하는 시간이 오고 고맙게도 생채기마다 꽃이 피었다.

꽃그림들 사이에 알 수 없는 그림이 낯설다. 동굴의 낙서를 닮았다. '무리 중(衆)'의 갑골문자라고 한다. 사람들이 황톳길을 걸어가는 형상에 커다란 '눈 목(目)'자 비스듬히 따라간다. 알 수 없는 감정이 치밀어 그림 앞에서 꼼짝하지 못했다. 그들 속에 커다랗게 뜬 한 눈을 가진 사내가 세상을 보는 게 아닌가. 같은 곳을 바라보며 걸어가는 이들의 행렬 속에 화가의 모습을 발견했다. 온몸으로 화폭 속에 쏟아 부었던 시간의 두께가 보인다. 그의 눈물을 바라보던 아내와 같이 걸어간다. 주체하지 못하는 눈물을 거두어준 스승이 있다. 그를 다시 설 수 있게 한 그림이 부적처럼 그를 지켜왔다는 묘한 기분이 든다. 젊은 날에 벼락이 채찍처럼 내리쳤던 것은 그에게 붓을 쥐어주려는 운명의 신이 아니었을까. 우리는 언제나 해독이 잘 안 되는 일로 허방을 디디며 한눈파는 족속이 아니던가. 슬픔도 자유로워진 날에 피는 꽃이 아름답다. 상처의 흔적들은 아름다웠다. 바라보는 내내 아름다움 가운데 물컹거리는 아픔이 만져졌다. 슬픔이 비처럼 내린다. 가슴이 젖는다.

천상에서 한바탕 춤사위가

오회분오호묘에서 고구려 고분 벽화와 만나다

집안*의 산과 들은 내가 사는 나라에 온 듯 익숙한데, 남의 땅이 된 고구려 옛 도읍 국내성이다. 분지로 둘러싸인 이곳은 무덤들의 도시라고 할 만하다. 태왕릉과 장군총 외에도 크고 작은 무덤들이 많아서다. 명당 터임이 분명하다. 광개토대왕의 우뚝한 경계비가 꿈을 펼쳐보이던 때를 말하고 있지 않은가. 긴 역사를 이어온 고구려의 국내성터는 아쉽게도 무너진 울타리처럼 이국땅에서 초라하다. 조선오백년도 긴 왕조라고 하는데 활을 잘 쏘던 우리 기상은 명당을 버리고 왜 반도의 끝에서 그만 접고 말았는지.

전해오는 자랑스러운 기억들은 퇴색 되었지만 치미는 궁금증은 기억의 저편이 궁금해 마음이 앞서간다. 벽화를 보기 위해 오호묘를 찾아가는 길이다. 거기가면 무덤 주인이 꾸던 꿈을 엿볼 수 있을까. 돌무더기와 우거진 잡초들 사이로 난 길을 걸으니 옛정취가 풍긴다. 계단을 내려서 무덤 입구로 가는 통로는 서늘했다. 사각의 석실 문이 열려있다.

어둠 속에 희미하게 드러나는 채색화들은 당신이 꿈꾸던 세계인가요? 당신의 야망처럼 타오르는 불꽃을 들고 춤을 추는 불의 신 춤사위가 뜨겁습니다. 당신이 누운 석곽 위에 발을 디디고 서는 무례를 용서하세요. 석실을 지키던 청룡과 백호 주작과 현무는 이제 빗장을 풀어버렸습니다. 너무 오래 침묵하는 것이 답답해서 당신의 꿈을 세상 사람들에게 발설하고 있군요. 아마 당신도 찬성한 것인지 모르겠네요. 아쉬운 이승에서 천상세계로 열려 있는 당신의 꿈을 엿보겠습니다. 온갖 신들이 사는 이곳은 모두 날개를 가지고 하늘을 날아다니고 있습니다. 안내원이 손전등으로 비추는 그림들을 따라갑니다. 보일 듯 말 듯 그림들이 청홍백과 흑의 빛깔로 돌 위에 동그랗게 떠오르다가 깜빡 사라집니다.

달을 이고 가는 저 여인은 누구신가. 삼족오가 발을 허공으로 내뻗으며 목화꽃처럼 피어난 천상의 나무 위로 날고 있습니다. 거기서 만나는 꽃과 풀들은 향기가 나겠지요. 붉은 깃을 단 흰 저고리를 깃털처럼 펼치고 주홍 치마는 바람에 나부낍니다. 여인과 마주 보며 해를 이고 가는 저 남정네는 당신인가요. 삼족오 타고 어디로 가십니까. 이승에서 꾸는 꿈은 너무 짧기에 북두와 북극성이 떠 있는 하늘 세계로 향하고 있는 게지요. 이렇게 첫 대면을 위해 얼마나 기다렸는지 모릅니다. 사방은 비좁지만 벽에 그려놓은 당신의 삶의 흔적과 꿈을 만다라처럼 펼치는 이곳은 우주입니다.

떨어지는 물방울 소리가 이곳이 무덤이라는 사실을 깨우칩니다. 눅눅하고 젖어서 씻기는 물기에 당신의 꿈이 빛바래지고 있습니다. 1500년 전의 세계에서 보았던 것들이 꿈속처럼 나타났다 어둠속에 묻히는 것은 불을 켜지 않는 탓입니다. 더 오래 지켜주려는 배려인 셈이지요. 당신이 그려놓은 사각의 세계는 사신이 지켜주는 세계였지만 채색과 함께 힘을 잃었습니다. 천상세계로 가기 위해 모서리를 어긋나게 놓아가며 우물천장을 만들었네요. 당신의 꿈은 용과 삼족오, 기린이 꾸는 꿈과 같았나 봅니다. 그들의 등을 타고 바람에 실려 흐르는 사현금소리와 피리소리, 뿔나발소리를 듣습니다. 무덤을 채우고 있는 그림과 소리들은 우주의 오케스트라 연주입니다. 당신의 화려한 꿈이 한바탕 춤사위를 벌이고 있습니다.

당신은 이승에서 빌던 신농 씨를 만났는지요? 벼이삭을 들고 부지런히 달려가는 그의 모습은 소처럼 우직해보입니다. 세속에 물들지 않는 연꽃 같은 세상에서 후광처럼 피어오르는 문양들을 보니 행복해보입니다. 수많은 용들이 꼬이고 엉겨 꿈틀거리고 바람에 나부끼는 옷깃이 출렁거리는 힘들이 무덤을 채우고도 남습니다.

곳곳에 빛나던 보석들이 박혔던 자리가 어째 허전합니다. 당신의 꿈을 이루어 정말 우주 속으로 날아 가버렸습니까. 꿈을 꾸면 이루어진다는 말이 맞는 거지요. 당신이 떠난 이곳에서 밤하늘을 우러르고 싶습니다.

* 집안: 중국 길림성에 있는 도시. 압록강 중류 북쪽 기슭에 있으며, 농산물의 집산지이다. 광개토대왕릉비를 비롯한 고구려 유적이 남아 있다.

갈등

봄

허공을 향해 팔을 휘젓는 손, 연둣빛 작은 손바닥이 사랑스럽다. 비탈을 기어오르던 등藤나무는 봄날 또 다른 손을 준비했다. 어딘가에 기댈만한 기둥을 탐색 중이다. 스스로는 일어설 수 없는 운명을 타고났으니 의지할 대상을 만날 때까지 부지런히 바닥을 기면서 찾아야 한다. 어느 날, 칡은 등나무의 덩굴이 손을 뻗자 조금씩 곁을 내주었다. 즐거운 날들의 연속이었다.

처음 그녀를 본 것은 소개팅에서다. 다소곳하게 숙인 얼굴에 커다란 두 눈이 수줍게 껌뻑거렸다. 풋풋한 내음이 전해온다. 객지생활을 하며 늘 학점 관리에 시달리던 일상에서 벗어나서 모처럼 자유로운 시간을 가졌다. 마음 한 구석이 환해지는 순간이다. 수업이 끝나면 하숙방과 도서관을 오가는 생활의 반복이었다. 그동안 외로움을 외투처럼 덮고 있었나 보다. 첫 미팅에서 여자를 만난 것만으로도 커다란 위로가 되었다. 멀리 계시는 부모님은 공부하느라 고생한다며 전화로 자주를 안부를 물으며 부쳐주는 용돈으로 잘 먹으라는 당부를 잊지 않으신다. 그녀와 만날 때는 만만한 음식점과 커피점을 찾아다녔다. 공부를 하고 있는 그녀도 주머니 사정이 옹색하기는 마찬가지였다. 가난한 만남이지만 화덕 하나를 마음에 들인 듯 따뜻한 기운이 감돌았다. 그녀 곁으로 점점 다가가며 그녀를 지켜주고 싶다는 생각을 했다.

여름

푸름이 더해가던 날, 비탈이 보랏빛으로 눈이 부셨다. 포도송이처럼 주렁주렁 꽃등을 달고 바람에 흔들릴 때마다 향기를 사방으로 퍼트렸다. 벌들이 어느새 붕붕거리며 분주하게 드나든다. 세상의 꽃들이 노랗고 붉게 물들다 한풀 꺾여 초록으로 덮일 때쯤, 보랏빛 꿈을 탐욕스럽게 달고 단내 나는 꿀단지를 준비해두었다.

이 계절의 칡은 가장 남성미가 넘쳤다. 덩굴을 뻗으며 나무들을 타고 오르는 걸 보면 에너지가 넘쳤다. 어느 때는 빗물이 빠져나가는 구멍으로 몰래 들어와 온 마당을 점령하는 바람에 칡밭이 된 빈집이 있나 하면 나무줄기를 타고 올라 우듬지마저 넓적한 잎으로 덮는 바람에 햇빛을 빼앗긴 소나무가 시름시름 앓다가 고사되는 걸 보기도 했다. 그런 칡이 등나무와 만난 것이다. 먼발치에 있던 등꽃을 향해 젊은 혈기 하나 믿고 맹렬하게 다가갔다. 7월의 칡덩굴 위로 자줏빛 꽃이 촛불처럼 타올랐다. 꽃향기에 혼곤히 취하는 밤이다.

그녀는 넓은 세계를 향해 꿈이 부풀었다. 좁은 이 바닥을 벗어나 자신이 이루지 못한 꿈을 이루고 싶었다. 그와 만남이 이루어지면서 더 많은 꿈을 꾸었다. 주체할 수 없을 정도로 많은 꿈을 매달았다. 오지 않은 미래는 두 사람에게 아름답게 비쳤다. 그는 이제 취직 시험에 합격했다. 앞날이 고속도로처럼 시원스레 뚫린 것 같다. 아직도 만만찮은 시간이 그를 단련하겠지만 함께 간다는 마음에 힘이 불끈 솟았다. 둘은 결혼을 하고 부모의 둥지를 떠나 세상에다 예쁜 보금자리를 만들었다. 모두의 축복 속에 서로 의지하며 만수산 드렁칡처럼 얽혀 살자고 약속했다.

가을

등나무와 칡은 같은 족속이다. 어딘가에 기대야 일어선다. 덩굴손을 사방으로 뻗으며 한없이 세력을 뻗는지라 버팀목이 되어줄 나무를 넘볼 만큼 집착이 강하다. 용트림하듯 위로 솟아오르는 용등나무는 왼쪽을 고집했다. 왕성한 칡이 가만히 있을 리 없다. 만만한 팽나무 우듬지를 넘보거나 이 나무 저 나무 건너뛰며 기세가 맹렬하기는 마찬가지다. 등나무와는 반대쪽으로 감아 올라가는 칡은 등나무가 그렇게 무지막지한 집착력을 가진 줄 몰랐다.

스파이더맨처럼 기어오르던 두 나무는 불협화음이 잦은 가운데 콩꼬투리들을 매달았다. 연두들이 자랄 동안 서로의 숨통을 죄면서 열심히 물을 빨아올리고 동화작용을 했다. 긴 노동의 시간은 힘겨웠지만 바람에 꼬투리들이 영글어간다. 머잖아 제 갈 길로 떠나겠지만 힘줄처럼 불거진 고집들이 징그럽게 엉겼다. 서로에게 깊은 상처를 남겨 매듭을 풀 수가 없다. 희망의 끈이 조금씩 풀어진다.

그녀는 처음 만났을 때와 달리 제 성질을 마구 드러내며 손아귀에 넣고 옴짝달싹 못하게 조인다. 두 만남은 서로 꼬이기만 했다. 숨 막히는 삶의 연속이다. 저 도시의 정원이라면 등나무는 사랑을 많이 받았을 것이다. 절개지나 절벽을 타며 허물을 덮어주는 넉넉한 마음이라면 천연기념물처럼 대접을 받을 텐데, 한쪽 방향만 고집하며 옭아매는 그녀를 무슨 수로 이길까.

둘의 얽힘은 싸우면서 근육을 키웠다. 이리 불거지고 저리 불거져 지는 법이 없다. 고집들이 부딪치며 퍼덕거리는 날이 잦았다. 파리한 낯빛으로 아이들을 길러내며 신명 나는 일이 없다 보니 매사가 심드렁하다. 그들을 닮은 성정으로 태어난 아이들은 그런 가운데서도 무럭무럭 자랐고 부모들을 이해 못하겠다고 대든다. 문득 사는 것이 무엇인가 묻는 날이 많아진다. 빈 마음으로 바람이 들락거린다.

겨울

벌 나비들을 불러들이던 등꽃 그늘도 시들하다. 가구점 주인이라면 등껍질로 탁자와 흔들의자를 만들면 좋겠다고 눈독을 들이다 갈 것이다. 강한 뿌리의 근성을 가진 칡은 허물을 덮듯이 폐허를 가려주거나 숲의 나무들을 솎아주기도 한다. 새순과 뿌리는 한때 사람들의 가난을 잊게 했고 꽃으로 차를 우릴 수 있어 버릴 게 하나 없다고 한다. 단지 두 나무의 얽힘은 서로 모르고 만난 것이다.

사랑에 지치고 집착을 버리지 못한 그들은 서로가 피해자라고 말한다. 집착을 버리긴 어렵다. 새끼들이 주렁주렁 달린 그들은 나이 들어가면서 얻은 지혜로 물러설 때와 나아갈 때를 구분할 줄 알게 되었다.

산림 지킴이가 얽히고설킨 덩굴을 치며 올라오는 소리가 아득하게 들려오는 것 같다. 이제 두렵지 않다.

"비꽃 핀다."
굵은 빗방울이 듣자 먼지들이 튕겨 여기저기서 꽃처럼 벙근다.
빗방울이 떨어진 자리마다 동그랗게 번지는 먼지는
마당 가득 '비꽃'을 피우고 있었다.

4

비꽃 피다

연대기

흐르지 않는 것은 쉬 잘려나간다. 솔고개를 지키던 늙은 느티나무 줄기로 시나브로 흐르던 수액은 겨울 강줄기처럼 졸아들어 목발처럼 겅둥겅둥거리더니, 바람 소리 세차게 몰아치던 밤에 그만 툭 부러졌다. 푸른 꿈을 허공에 띄우며 우리들에게 그늘이 되어주던 초록의 날들이 힘없이 잘려나갔다.

구순이 되신 아버지는 마른 다리로 걸으면서 발바닥이 아파 자꾸만 절룩거렸다. 양말을 벗겨보니 새끼발가락이 먹물에 적신 듯 까맣다. 놀란 눈으로 바라보는 우리들에게 치자로 떡을 만들어 붙여 나쁜 피가 몰린 거라고 우기는 아버지를 급히 병원에 모셨다. 위급한 상황이라 먼저 흐르지 않는 혈관을 걷어내고 다른 혈관을 이식하는 수술부터 마쳤다. 괴사가 진행된 다른 발가락들과 함께 아버지의 발가락들이 삭정이처럼 잘려나갔다. 온 생을 디디고 걸어온 길 하나가 끊어져 기우뚱거린다.

산소 옆을 400년 동안 지키며 쉼터가 되어주던 느티나무, 지나온 발자취를 나이테로 그리며 수많은 봄날을 맞았다. 발치에 있는 연못에서 흰 연꽃들이 수없이 피고 지는 동안 산소에 봉분을 만들던 자손들이 때마다 다녀가는 것도 보았다. 그들을 따라다니던 새끼들이 어느새 어른이 되어 아비를 묻고 눈시울을 적시며 돌아가는 모습에서 가족의 연대기를 읽었을 것이다.

발가락들이 거즈에 싸여 휴지통에 던져진 저물녘, 당신을 받치던 신전의 기둥들도 한참에 무너졌다. 희망이 없는 가지들과 손잡은 성한 발가락도 함께 베어내어 뭉툭하게 봉합되고 남은 반쪽의 생은 자주 묵살되었다. 한없이 느린 걸음과 듣지 못하는 귀 때문에 어느 순간부터 말씀도 잘려나갔다. 슬픔도 희석되는지 발가락 세 개만큼 우리도 다가올 이별의 슬픔을 조금씩 덜어내었다. 소통은 남아있는 것들끼리 길을 트는지 바깥 출입을 모르는 먼지 낀 문 안에서 토막 난 말들은 갈피마다 불통이다.

이제 반쪽이 부러진 느티나무는 더 이상 풍성한 그늘을 만들지 못하고 옛날을 복원하지 못한다. 살아남은 늙은 나무의 빈자리에 허공이 가득 들어앉았다. 옆에 남은 어린 느티나무 생가지들이 잎을 수다처럼 피우는 걸 묵묵히 바라볼 뿐이다. 오래된 나무에서 흘러나오는 말씀은 잔금이 가고 빛이 바래는데 새로 쓰는 신화들의 무게는 벅차기만 하다.

삭정이들이 잘려나가면서 그늘과 함께 한 연대가 저물고 있다.

떫은 맛

그동안에 있었던 일들에 대한 사설이 이어지자 나의 추임새가 엇박자를 탄다.

"엄마, 그 사람 번번이 내가 밥 사게 하는 거 있지." *"아무리 허물없어도 그렇지."*

"아냐, 나한테 얼마나 잘해줬는데." *"언니뻘 되는 사람이 할 노릇이냐."*

"내가 밥 사도 돼. 형편을 잘 아니까." *"그런데 뭐?"*

"이번에는 좀 그랬어. 점심 같이 먹자고 전화가 와서 나갔더니 아들 둘과 같이 있는 거야." *"그래서 어쨌는데?"*

"아이들을 모처럼 만났으니 사주는 것도 괜찮아. 하지만 한 끼 점심으로는 비싼 곳이었어." *"기다려나 볼 것이지."*

"일어설 생각을 안 하는 거야." *"그 사람 너처럼 순수하지는 않아."*

불편했던 속내를 그냥 털어놓고 싶어서 한 말에 일일이 추임새를 넣었다. 입안이 온통 떫은맛으로 버석하다. 덜컥 그 사람에 대한 판단부터 내리고 둘의 관계 속으로 깊숙이 끼어든다. 두 아이의 엄마가 되어 있는 딸은 나의 탯줄을 끊은 뒤 이제 바깥세상에 가지 하나를 붙들고 있다. 살아가면서 사람을 알고 세상을 배우면서 가을날의 감처럼 익어갈 것이다. 나는 자식 앞에서 늘 안달하며 떨어져나간 배꼽을 걱정한다. 감이 처음부터 단맛을 내는 게 아닌데도 빨리 익지 않는다고 조바심을 낸다.

시려오는 하늘에 감나무 가지들이 검은 획을 긋고 감들은 바알갛게 달아오른다. 고향처럼 따습다. 꽃 진 자리에 열리는 감은 중심에 별처럼 예쁜 배꼽 하나를 가졌다. 어미나무를 단단하게 붙들고 온전한 생명으로 자란다. 어미의 몸에 흐르는 수액을 받아 마시고 우주와도 호흡을 한다. 풋감의 시절을 지나오면서 늦가을 된서리를 맞고서야 투명하게 익어 떨어질 것이다. 사람살이와 어찌 그리 닮았을까.

나는 손에 잡힐 듯이 늘어진 감 가지를 당긴 뒤, 감을 따서 성급하게 한 입 베어 물었다. 입안이 온통 오그라드는 떫은맛이 목을 조여오던 그 난감한 때를 잊지 못한다. 뱉어도 뱉어내도 떫은맛이 가시지 않아 참기름이라도 먹으면 나아질까 했지만 큰일이 난다기에 그러진 못했다. 나의 조바심은 오래되었다. 이른 아침 감나무 밑에서 감꽃을 주워 목걸이를 만들고 풋감들을 주워 소금물에 삭히는 단지가 이불을 쓰고 있을 때도 내내 조바심을 내었다. 따가운 가을볕 아래 노랗게 익어갈 때도 안심해서는 아니 된다. 서둘러 장대로 노란 감을 따지만 곶감을 만들어야 단맛을 품는다. 긴 기다림의 시간 동안 떫은맛은 잎들을 대지로 보내고 나서야 제 속이 익는다. 감은 오래도록 떫은맛을 고집했다.

예전의 일이 불현듯 스친다. 퇴근하고 집에 들어오면 딸은 곧잘 칭얼대며 매달렸다. 종일 엄마 없는 집에서 친구들과 놀다가 어미들이 부르는 소리가 담 너머로 들려오면 쪼르르 달려가던 친구들, 그 뒷모습을 물끄러미 바라보았을 딸아이가 서 있다. 갓 심어놓은 고추모종처럼 시들하게 서서 일찍이 외로움을 알아버렸을 것이다. 그런 것도 모르는 나는 숙제처럼 그날의 일들을 해내느라 바빴고 나만 힘들다고 짜증을 내면서 아이의 투정을 받아줄 줄 몰랐다. 감나무 밑에서 입만 벌리고 있을 수 없다는 듯, 뭐가 문제냐고 다그치며 해결사가 되려고 했다. 나중에 훌륭한 사람이 되려면 엄마가 하는 말만 잘 들으라고 훈계하며 지름길을 고집했다. 풋내기 엄마는 그저 안쓰러워만 했지 넉넉한 품으로 마음껏 안아주지 못했다.

목덜미가 시려온다. 저무는 하늘에 놀빛처럼 얼비치는 감은 이제 까치밥으로 남아 떨어질 때를 기다리며 투명해져 가리라. 아직도 떼어내지 못한 배꼽을 걱정하며 떫은맛이 입안에서 나를 호되게 나무란다.

비꽃 피다

그해 여름, 휴가를 받아 사촌언니가 살고 있는 시골집에 찾아갔을 때다. 오래 만나지 못했던 언니의 피부는 농사일로 햇볕에 그을려 푸석하고 거칠었다. 곱던 얼굴에는 어느새 잔주름이 잡히고 고단한 시집살이로 마흔을 갓 넘긴 나이 같지 않게 나이든 티가 났다.

언니 방을 자주 들락거리며 소설책을 빌려 읽던 그때의, 반짝이던 눈동자에는 그늘이 드리워지고 눈꼬리마저 쳐져 있었다. 부엌으로 들어간 언니는 상을 차리느라 한참 부산했다. 마침 식구들은 어디로 갔는지 집안이 텅 비었다. 마루 끝에 걸터앉으려니 먼지를 쓴 마루는 고양이가 지나간 자리마다 목화송이 같은 발자국이 찍혀있었다. 그러고 보니 내 신발에도 누렇게 먼지가 앉을 정도로 대지는 목말라 있었다. 언니는 김이 오르는 옥수수를 내오며 아무리 닦아도 금방 먼지가 앉는다며 마루를 대충 걸레로 훔쳤다.

"아이고 하늘도 무심하제. 밭에 심어놓은 고추며 푸성귀들이 다들 모가지를 늘어뜨리고 쳐진 꼴을 보자니 내 속이 다 타들어 간다 아이가."

길게 한숨을 내쉬며 연신 부채질을 하지만 시원찮은지 애꿎은 부채에게 화풀이 했다. 옥수수는 쫀득쫀득하니 맛났다. 그간의 이야기들을 서로 쏟아내며 이야기꽃을 피우느라 시간이 꽤 흘렀을 때다. 어째 하늘이 수상하다. 먹구름이 몰려오는지 사방이 어두워지는가 싶더니 '툭툭 투다닥' 여기저기서 소리가 났다. 빗방울이다.

"비꽃 핀다."

언니는 반가운 손님을 맞듯이 마당 한가운데로 나섰다. 굵은 빗방울이 듣자 먼지들이 튕겨 여기저기서 꽃처럼 벙근다. 빗방울이 떨어진 자리마다 동그랗게 번지는 먼지는 마당 가득 '비꽃'을 피우고 있었다. 언니는 언제 이렇게 아름다운 말을 익혔을까. 문학 소녀였던 언니는 책을 많이 읽었다. 그런 언니가 첫 결혼에 실패하고 재혼을 해서 이곳으로 시집을 왔다. 큰엄마가 늘 언니 걱정을 많이 했던 걸 보면 만만찮은 삶이었나 보다.

이제 일에 이골이 났는지 억척스러워 보이는 언니는 이리저리 분주하게 다니며 널어놓은 빨래를 걷고 여기저기 흩어져 있는 살림살이들을 주섬주섬 주워가며 비설거지를 한다. 옷이 흠빽 젖고 온 마당을 적신 비에 모두가 갈증을 풀고 있었다. 나는 생기가 도는 언니 얼굴을 보면서 언니의 팍팍한 삶에도 '비꽃'이 피기를 바랐다.

하늘만 쳐다보며 농사를 짓던 시절, 비처럼 반가운 손님이 있을까. 빗방울을 보며 '비꽃'이라고 말하던 옛 어른들의 얼굴에 핀 환한 웃음꽃을 생각했다. 힘든 일상에서도 시어처럼 빛나는 이 말은 오래 여운처럼 남아 있다. 단비, 실비, 보슬비, 가랑비, 여우비, 작달비…. 꼬리를 물고 이어지는 비와 관련된 아름다운 말들은 또 얼마나 많은가.

돌아온 카메라

남편은 뜻밖에 손자와 해외여행을 하게 되었다. 사위가 갑작스레 일이 생겨 여행을 못 가게 되었다며 대신 가는 행운을 얻었다. 딸과 초등학교 일학년 손자와 셋이 중국 장가계로 떠났다. 손자사랑이 유난한 남편은 이번 여행을 무척 반겼다. 딸도 아들을 감당해줄 아버지가 반가운데 효도까지 겸하게 되어 특별한 추억이 될 거라며 좋아했다. 정말 아주 특별한 추억을 만들어준 긴 여행이야기를 남편에게 들었다.

여덟 살 손자는 한창 호기심 많은 개구쟁이라 무엇이든 저도 해보겠다고 덤비다가 일을 망쳐 놓는 바람에 지청구를 듣기도 하는데 그때뿐, 언제 그랬나 싶게 새로운 대상을 만나면 호기심이 발동한다.

전날 서화가 있는 부채를 하나 샀다. 탐이 나는지 얼른 뺏어서 부채질을 요란하게 하더니 접었다 펴며 한참 가지고 놀았다. 나중에 배낭에 꽂은 줄 알았더니 행방이 묘연했다. 카메라도 제가 찍어준다며 때를 쓰는 바람에 딸이 못이기는 척 넘겨주었다. 낯선 풍경 앞에서 카메라를 들이대고 이리저리 찍더니 아예 목에 걸고 제 것인 양 가지고 다녔다. 장사꾼들이 길을 막고 있으면 바짝 관심을 가지는 바람에 손목이 잡혀 끌려가면서도 뒤돌아보았다. 날씨가 더워 따라다니는 것도 힘들었을 텐데 마냥 신기해서 '저게 뭐냐'며 연신 질문을 했다. 더러는 설명을 곁들여 눈길을 붙잡아두려 해도 관심은 어느새 엉뚱한 곳으로 쏠렸다. 힘들면 축 늘어져 쳐지는 바람에 업어주기도 하고 골려주는 재미로 심심찮게 보냈다.

호남성에서 제일 큰 상강에서 유람선을 타고 야경을 구경하던 날이다. 배를 타고 가며 불빛이 흐르는 야경이 좋았던지 손자가 카메라 셔터를 쿡쿡 누르는데 제대로 찍는 건지 염려되었다. 배에서는 식사를 하고 공연도 보며 즐거운 시간을 보냈다. 유람선에서 내렸을 때다. 문득 카메라 생각이 나서 보니 손자의 손에는 카메라가 없었다. '어쨌느냐'고 하니 고개만 흔들고 멀뚱하니 쳐다보았다. 허겁지겁 가이드와 배 안에 들어가니 청소부들이 청소를 하고 있었고 그들도 모른다는 대답만 듣고 돌아왔다. "그것 봐라. 부채도 잊어버리더니 그렇게 안 된다고 했는데 기어이 잊어버렸잖아." 속도 상하고 해서 좀 나무랐더니 지은 죄가 있는지라 금세 풀이 팍 죽었다.

딸은 카메라를 잃어버린 것보다도 몇 년간 찍었던 소중한 기록들을 잃어버려서 발을 동동 굴렀다. 다른 곳에 저장해두지 못한 게 후회가 되었지만 시간을 돌릴 수도 없어 이만저만 낭패가 아니었다. 한동안 분위기가 가라앉아 말을 하지 않다가도 아이만 쳐다보면 화가 치밀어 "거 봐 내가 뭐랬어. 안된다고 했잖아." 눈길이 매서워졌다. 한참 주눅이 들어 뒤쳐지던 손자가 고개를 떨어뜨리고 다니는 모양을 보니 측은해보였다. 한동안 말이 없던 손자가 할아버지를 부른다. "할아버지, 카메라가 소중해요? 내가 소중해요?" 그만 할 말이 없었다. 어지간히 속을 끓이다가 그런 맹랑한 생각을 해냈을까. "암, 네가 소중하지. 카메라야 사면 되지만 너는 없으면 절대로 안 되지." 안심이 되는지 얼굴색이 밝아졌다. 국내여행도 아니고 외국에서 잃어버린 터라 돌아올 가망이 없는 카메라는 기억 속에서 지워버렸다. 설사 누가 주워서 돌려주고 싶어도 카메라에 이름이 적힌 것도 아니고 어디에 사는 누구라고 전해줄까.

그런데 기적 같은 일이 일어났다. 일 년이 지난 어느 날, 퇴임한 직장에서 직원의 전화를 받았다. 혹시 카메라 잊어버린 적이 있느냐고. 그렇다고 하니 부산에서 연락이 왔다며 전화번호를 일러 주었다. 까맣게 지워버렸던 일이 아닌가. "카메라를 주웠는데 귀한 사진이 담겨 있어서. 진작 연락 못해서 미안합니다."는 말이 전화기를 타고 들려왔다. 이런 기가 막힌 행운이 있다니. 몇 번이고 고맙다는 말을 하면서 전화기를 들고 절을 했다. 내 것이 아니라 무심히 지나치든지 함부로 쓰다가 버렸을 수도 있을 텐데, 소중한 것이 무엇인지 아는 사람이다. 자식을 기르고 손자도 본

그는 추억들을 담아둔 카메라야말로 돈으로 살 수없는 귀한 것임을 아는 사람이다.

그로부터 오래된 내력을 들었다. 같은 배에 탔던 그는 테이블에 놓인 카메라를 주워들고 나왔으나 주인을 모르니 돌려주지 못한 채 귀국했다. 작은 디지털 카메라를 조카에게 너 가지라고 주었다고 한다. 한참 뒤에 조카에게 카메라를 보자고 했더니 이미 방전이 된 카메라는 구석으로 밀려나 있었다. 충전기를 사서 연결해보니 아이가 유치원에서 행사하던 일이며 여행에서 가족들과 즐겁게 웃고 있는 모습도 있고 생일을 축하하며 촛불을 둘러싼 가족을 보자 그만 뒤늦은 후회를 했다고 한다. 이 사진이 담긴 카메라를 잃어버린 사람은 얼마나 안타까워했으며 애타게 찾았을까 하는 생각이 들었다고 한다. 자기도 손자가 있는 터라 자주 사진을 찍어주기 때문에 그 마음을 너무 잘 안다면서 돌려주어야겠다는 마음을 먹었다고 한다. 다행히 남편의 퇴임식 사진이 있어서 직장으로 전화를 해서 전화번호를 알려준 것이다. 자신도 좋은 일을 한 것 같아 흐뭇하다고 했다.

카메라의 귀환으로 내가 사는 세상을 이렇게 따뜻하게 느껴보기는 처음이다. 한동안 넉넉한 마음으로 사람들을 대하게 되리라.

건널목, 불안의 거처

꿈결에서 레일 위를 구르는 기차바퀴 소리를 들었다. 희미하던 정신이 돌아오자 선로 옆에 엎드려 있는 자신을 발견한다. 신음하는 소리가 곁에서 들렸고 널브러진 사람들이 눈에 들어왔다. 농립학교 입학시험을 보러 가던 날이다. 흩어지던 눈발 속에 기다리던 미니버스에 탔는데 어찌 된 일인가. 하루에 두 번 다니는 버스 안은 그야말로 콩나물 시루였다. 어디쯤 가고 있는지 분간도 되지 않아 흔들리는 차에 몸을 맡기고 있었을 뿐이다. 쾅 소리와 함께 건널목은 아수라장이 되었다.

열차 사고 소식은 호외를 외치며 번져나갔다. 튕겨 나갔던 몸은 말짱했다. 그날 온전했던 사람은 아버지와 몇 사람 더 있었다. 기적이 일어난 것이다. 시험에도 합격했다. 그날 후로 일본인 교장선생은 만날 때마다 '이 학생이 기적의 행운아'라고 각별한 눈길을 보내며 쓰다듬어 주었다. 졸업할 때까지 '행운아'라는 말을 꼬리표처럼 달고 다녔던 아버지는 그렇게 운명의 건널목을 넘어갔다.

그 때문인지 건널목은 내 불안의 오랜 거처였다. 하루에 두 번은 건너야 했던 건널목. 멀리 있어도 기적소리는 불안의 예고편이다. 오금이 펴지기까지 고개를 한 번으로 못미더워 도리질한 뒤에야 건널 수 있었다. 달구지를 끌던 소가 발이 끼여 참변을 당했다는 말이 재빨리 떠오르고 술에 취해 베개 삼아 눕거나 자살하려고 뛰어든 사람, 경운기를 몰고 가다가 변을 당한 일까지 엮어져 떠오를 게 뭐람. 자칫 발이 틈새에 끼기라도 할까 봐 조바심을 내면서 잽싸게 달렸다. 거대한 몸집이 꼬리를 감출 때까지 내 심장은 마구 뛰었다. 꼬리가 열둘이나 달린 괴물이 숨 가쁘게 달려오면 겁부터 났다. 바퀴의 육중한 소리와 바람은 온몸을 쇠바퀴 속으로 빨아들일 듯이 회오리치며 흔들었다. 탱자울타리 속에 탱자가 박히듯 피해서 숨을 죽였다. 그깟 가시에 좀 찔리면 대수냐.

오빠들은 한적한 철로를 끼고 등교하는 걸 좋아했다. 무엇보다 못을 철로에 얹어두는 장난에 신나했다. 바퀴가 스쳐 납작해진 못을 갈아서 칼을 만들었다. 오빠들의 등 뒤로 굴비 엮듯 줄을 서서 오 리나 걸어가는 등굣길은 든든했다. 찬바람도 피하고 자갈을 구워주면 주머니에 넣어 추위를 녹였다. 친구는 집에 갈 때 철교를 건넌다. 지름길이라서 그런다. 앞서가며 따라오라는데 침목 밑으로 흐르는 물 때문에 어질머리가 나고 다리가 후들거렸다. 멀리 역사에서 기적소리가 들려온다. 발은 한 발짝도 앞으로 내딛지 못한다. 만약에 기차와 다리 중간에서 맞닥뜨린다면 어떻게 해야 하나? 난간의 농구골대 같은 피난처는 안전할까, 급하면 물에 뛰어내려야겠지. 수영을 못하는 나는 돌아섰다. 그 길을 한 번도 끝까지 가지 못하고 말았다.

지금도 건널목을 만나면 두리번거린다. 등굣길에 나선 내 안에 떨고 있는 어린애가 서 있다. 내 생에 운명처럼 마주치게 되는 거대한 폭력이 지나가길 기다린다. 무리하게 건너기보다 딸랑딸랑 경보음이 울리면 차단기가 내려갈 때까지 숨을 고르며 멈추어 선다. 아버지가 만난 건널목은 생과 사의 경계에서 운명처럼 스쳐 갔다. 다음 생에는 거대한 괴물을 타고 건널목의 주인이 되어 보고 싶다.

길을 잃다

사방이 가시덤불이다. 길은 낙엽에 묻히고 나목들은 장병처럼 버티고 서 있어 갈피를 잡지 못했다. 조난은 이렇게 순간적으로 닥치는구나.

세 사람의 생각은 달랐다. 무조건 아래로 내려가자는 S의 말을 나는 부정하며 산등성이 위로 가야 한다고 우겼다. P는 둘 사이에서 고민하더니 나를 따라왔다. 무게 중심에 내가 섰다. S는 훤히 내려다보이는 바다를 자꾸 돌아보며 떨어지지 않는 발길을 옮겼다. 여기서 혼자 다른 길로 가는 건 두려운 일로 모두에게 자신이 없는 일이다. 불안한 사람끼리 동행도 힘이 되는 순간이다.

어서 빨리 길을 찾아야 한다. 앞길을 방해하는 것들과 전쟁을 벌였다. 고개를 숙이거나 나뭇가지들을 젖히고 덤불들을 타넘었다. 나를 방해하는 게 또 하나 있었다. 그건 옷이다. 길을 나설 때 두 사람은 내가 입은 옷을 보더니 춥지 않느냐고 은근히 만류했다. 일몰을 보러 가는데 길 따라 가면 평지라 여겼던 예상은 빗나갔다. 여윈 햇살이 단풍나무 새순들 사이로 반짝거리던 아름다운 길이었는데 뜻밖에 막힌 길 앞에 설 줄이야. 살면서 만난 숱한 절망감을 여기서도 느꼈다.

흑염소 사육장은 텅 비었고 폐허 속에 길은 끊어졌다. 왔던 길을 되돌아가는 건 쉽지 않은 일이다. 뒤돌아보고 싶지 않은 인생길처럼 살아온 만큼의 고난을 다시 되풀이하고 싶지 않다. 그저 앞으로 밀고 나가려는 생각뿐이다. 산등성이에서 내려올 때 바다가 내려다보이던 길은 아래로 향했고 곧 기슭에 닿을 것만 같았다. 나무들 사이로 푸른 바다를 보며 노래를 흥얼거렸다. 멋진 일몰의 장소가 곧 눈앞에 나타날 것 같았다. 등대 너머로 붉게 물든 하늘과 바다를 그리며 취해 있었다. 한 치 앞을 모르고 사는 우리들은 이렇게 위기를 만난 것이다. 사육장 안으로 들어섰다. 녹슨 철문 하나가 반쯤 젖혀 있다. 조금 나가니 길이 보이지 않았다. 그때부터 우리들의 고난은 시작되었다.

덤불을 헤치고 나갈 때마다 가시들은 털실로 짠 셔츠와 긴 조끼를 걸고 넘어졌다. P는 따라오며 가시들을 뜯어말렸다. 신발 끈이 풀리고 바지를 뚫고 들어오는 가시 때문에 따끔거렸다. 짧은 해는 이제 산등성이 너머에서 빛을 잃고 있다. 젊은 S는 아래쪽에 대한 미련을 버리고 허겁지겁 산등성이를 향해 먼저 올라갔다. 캄캄한 어둠 속에 갇히면 우리의 위치를 알릴 방법이 없다. 여기가 어디라고 말해야 할지 막막하다. 가슴이 벌렁거리고 불안한 감정들을 애써 감추며 서로의 거리가 멀어지지 않게 바짝 따라잡았다. S가 간간이 신호를 보낸다. 어려운 상황에서는 함께 있다는 것만으로도 커다란 위로가 되었다. 아무도 장담할 수 없는 시점에서 판단을 내려야 할 때는 언제나 어렵다. 의견의 일치를 위해 내 판단에 따라준 그녀가 고맙다. 산등성이를 고집한 이유는 어제 보았던 채석장이 떠올랐기 때문이다. 그녀의 말대로 아래로 내려가면 깎아지른 절개지 위에 닿을 것이고 그건 최악의 상태와 부딪치는 일로 위험하기 짝이 없다.

산에서 조난을 당한 사람들의 뉴스가 스친다. 일행을 놓친 사람들은 산속의 해가 짧은 줄 모르고 긴 계곡을 따라 내려갈 수밖에 없었을 것이다. 어둠에 갇혀보지 않으면 모른다. 어둠에 묻힌 길은 앞으로 나갈 수도 없고 물러설 수도 없게 한다. 아무런 준비가 없이 맞닥뜨린 절망 앞에서 속절없이 추위에 떨어야 했고 결국 저체온으로 죽음을 맞은 것이다. 지금이 그 상황이 아닌가. 아무리 섬이 작아도 쉽게 보다가는 큰일이 난다. 민박집 아줌마가 여러 번 부탁했던 말이 이제야 떠오른다. "절대 산속으로 깊이 들어가지 말아요." P가 "휴대폰에 플래시 앱이 있느냐"고 물었다. 그녀도 어지간히 불안했나 보다. 내게 있다고 안심시켰다. 산속은 적막했다. 발밑에서 부스럭거리는 낙엽 소리만 들려올 뿐이다. 불안한 감정들을 내색하지 않은 채 S의 뒤를 따라 어둠이 깔리는 산등성이를 향해 올랐다.

조카는 지금 보이지 않는 길에서 속수무책의 시간을 보내고 있을 것이다. 그의 가정에 불어 닥친 어둠이 형님에게도 덮쳤다. 가려서 보이지 않던 흠집들이 숨죽이고 있다가 이제 화산처럼 폭발하고 있다. 감당할 수 없는 서로의 감정들로 부딪치며 언제 끝날지 모르는 전쟁의 여파가 가족 모두를 흔들고 있다. 파편들은 때때로 포장을 벗고 원석으로 날아가 서로에게 상처를 주었다. 누구도 쉽게 물러서지 않는 가운데 스스로에게 깊은 상처를 남길 것은 뻔하다. 어떻게든 마무리가 되어 어둠을 통과한 사람들이 말하듯이 '사는 게 다 그렇다'고 요약할 날이 오겠지만 어둠속을 어서 벗어났으면 한다.

"길 찾았다." S가 외친다. '아, 살았다.' 그동안 옥죄던 사슬들이 순식간에 풀려나갔다. 어둠 속에 작은 불빛 하나를 만난 것이다. 조난에 대한 불길한 생각들로 벌렁거리던 가슴은 길 하나 만나는 걸로 진정되었다. 어제 보았던 '비밀의 정원' 한 모퉁이였다. 실마리가 풀리듯 눈앞이 환해진다. 결국 우리들은 삼각형의 두 변을 한참 돌아서 온 셈이다. 조카도 곧 어둠 속에서 길을 되찾게 되리라는 믿음이 간다. 어둠에서 얻은 삶의 한 수가 상처 위에 빛나게 되리라.

저고리에 핀 봄날

선생의 꽃피는 젊은 날 속에서 엄마를 보았다. 박경리 선생 기념관에 들어섰을 때다. 꽃무늬 저고리를 보는 순간 엄마의 저고리가 떠올랐다. 자잘한 꽃이 핀 저고리를 입었던 엄마처럼 사진 속에서 웃고 있는 선생의 얼굴은 희고 고왔다. 조붓하고 하얀 동정 아래에 브로치가 얌전하다. 저고리의 소매 끝이 조금 올라가 두 손은 치마폭에 감추듯 수줍다. 등 뒤로 서가의 책들이 가지런하다. 작가의 젊은 날의 모습에서 아이를 키우는 엄마이면서도 달관한 표정이 읽힌다. 나란히 있는 작은 사진 속에는 안경을 쓰고 펜을 잡고 있어 평생을 꾸준히 창작해 오셨다는 걸 말해준다.

선생은 내 엄마와는 동갑이다. 같은 세대로 살았기에 저고리가 맨 먼저 눈에 들어왔나 보다. 내 어머니가 입었던 옷과 닮았다는 데서 선생이 더 가깝게 느껴졌다. 역사의 큰 물살에 쓸리면서 같이 보고 겪었을 테니

두 분이 만났다면 할 이야기가 많았을 것 같다. 목숨들이 동백꽃처럼 무참히 떨어지는 순간에도 생명을 지키기 위해 보따리도 싸며 식구들을 위해 죽을힘을 다했을 터. 선생의 글이 살아남은 자들을 그토록 감동시킨 것은 어떤 고난이나 슬픔보다도 값진 것이 생명임을 일깨워주었기에 지나온 아픔이 위로가 되었을 것이다.

나는 흙탕물이 쓸고 간 자리에 태어난 세대로 자정을 거듭하며 성장하는 흐름에 따라 같이 자랐다. 그 시절의 엄마를 말하고 싶어졌다. 엄마는 외할아버지가 '왜놈학교에 안 보낸다.' 고집하시는 바람에 늦게야 겨우 학교에 들어갔고 하고 싶은 공부를 더 시켜주지 않았다며 늘 아쉬워했다. 정신대에 끌려가지 않으려고 우체국에 취직했다가 결혼도 했다고 한다. 일제시대와 6 · 25전쟁과 같은 질곡의 역사를 몸소 겪으신 터라 오죽이나 할 말이 많은가. 지나온 날을 소설로 쓴다면 몇 권이나 될 거라는 말이 맞겠다. 엄마는 박경리 선생의 혼과 진액이 흐르는 호흡이 긴 이야기를 좋아하셨다. 그분의 삶과 가족관계도 잘 알고 계셨다.

선생도 가시고 엄마는 구순을 바라보신다. 한 시대가 저무는가 싶다. 내가 기억하는 저고리도 잊히리라. 그때의 일상복은 꽃무늬가 있는 포플린 옷을 주로 입었다. 엄마는 참 고왔다. 통치마 위에 꽃무늬 저고리를 지어 입고 브로치를 달거나 꽃봉오리와 같은 매듭에 고리를 만들어 여몄다. 반달 같은 달비머리를 넣어 핀으로 말아 얌전하게 만진 머리는 귀티가 났다. 아버지가 반해서 결혼했다는 말이 맞는 것 같다. 오래된 흑백사진 속에도 단발머리 한 나를 앞세운 엄마는 꽃무늬 저고리를 입었다. '그때는 너를 걸리고 니 동생은 업고 다녔어.' 아흔을 바라보는 엄마의 눈이 먼 곳을 보는 듯하다. 저고리에 핀 꽃들은 엄마의 봄날을 떠올리게 한 게 분명하다.

우리 집에 자주 들리는 보따리장수가 있었다. 마루에 걸터앉아 보따리를 풀면 저고리 한 감, 치마 한 감씩 말아놓은 천들이 알록달록 고왔다. 동네 아줌마들도 모여들어 이리저리 몸에 걸쳐보다가 사기도 하면서 수다를 피웠다. 명절이 가까워지면 엄마들은 아이들 옷을 짓느라 바빴다. 빨리 옷을 입어보고 싶어 안달이 났고 동네를 먼저 한 바퀴 돌며 자랑하는 친구들 때문에 조바심을 내었다. 어른들이 바빠서 정신없는 줄도 모르고 놀 생각과 먹을 생각에 명절을 기다리는 것이 마냥 좋아 문지방이 닳도록 들락거렸다.

엄마가 만들어준 옷이 늘 성공한 건 아니다. 윗목에 걸레가 얼고 부엌 창문에 성에가 두껍게 문양을 그리는 날에는 자주 식구들의 양말을 깁거나 옷을 짓느라 바늘을 잡으신다. 추위를 많이 타는 내게 솜을 두둑이 넣은 바지를 입혀서 학교에 보내야겠다고 마음먹었던 모양이다. 팥색의 무늬가 바둑판처럼 사방으로 뻗어 벽지 같기도 하고 천장 무늬를 연상시키는 천이다. 재봉틀이 부지런히 돌아간 뒤 마지막으로 허리에 고무줄을 넣었다. 따뜻했다. 한데 솜을 넣어 누빈 바지는 고쟁이 같다. 아무리 춥다고는 하나 바짓가랑이가 걸을 때마다 불편했다. 알리바바의 옷처럼 잔뜩 부푼 바지를 입고 갔다가 친구들이 놀리는 바람에 다시는 입지 않았다. 지금도 그때의 우스꽝스러운 모습을 떠올리면 실소를 하게 된다.

식구들의 옷과 베갯잇, 밥상보, 옷덮개까지, 바느질은 엄마의 일상이었다. 눈썰미로 시대를 따라가며 모양과 무늬를 그리던 솜씨도 이젠 돋보기를 끼고도 안 된다며 서운해 하신다. 바느질을 안 하고 사 입으시라고 하면 '내가 이제 나갈 데가 어디 있나.' 하실 뿐이다.

꽃무늬 저고리를 입고 외출을 하던 엄마의 봄날은 갔다.

아버지의 은인

양재천을 배경으로 찍은 사진을 넣으려고 액자를 찾았다. 붙박이장 맨 아래 묵혀둔 박스 하나를 열어보았다. 주판이 있고 연필깎이와 함께 작은 액자 몇 개가 보였다. 골동품이 되어가는 손때 묻은 다이얼 전화기를 보는 순간, 전화기가 무척 귀했던 시절의 이야기 하나가 떠올랐다. 그건 우리들을 커다란 충격 속에 빠뜨렸던 일로 기억의 지층 밑에서 느닷없이 불쑥 올라오곤 했다.

대문을 두드리는 다급한 목소리를 잠결에 들었다. 새벽 세 시쯤이던가. 통금이 해제되지 않은 시각, 아버지는 아직 돌아오지 않았다. 식구들은 어머니가 허둥거리며 대문으로 달려가는 소리에 모두 일어났다. 아버지가 다녔던 예전 직장의 부하직원이 한 통의 비보를 가지고 달려온 것이다. 늦은 귀가를 걱정하던 우리들에게 '아버지가 지금 병원에 계신데 의식이 없다'는 말이 벽력처럼 던져졌다. '새벽에 숙직실로 걸려온 한 통의 전화를 받았는데 취중에 실족해서 개울에 빠져 허우적거리는 사람을 어떤 군인이 싣고 와 내려놓고 갔다.'고 했단다. 통금시간이 풀리려면 아직 기다려야겠지만 엄마와 나는 차도 없는 십리 길을 달려 동네 병원으로 갔다. 온통 뻘에 젖어 이 세상 사람이 아닌 듯했다. 통금이 해제되자 큰 병원 응급실로 옮기고 나서 의사인 고종사촌형부에게 전화를 했다. 그때부터 상황이 급박하게 돌아갔다.

위세척을 끝내고도 아버지는 살아있다는 어떤 기미가 느껴지지 않자 어머니는 그만 혼절했다. 육 남매를 혼자 감당하려니 눈앞이 캄캄했을까. 너무 큰 충격에 넋이 나간 사람처럼 팔다리가 풀린 어머니를 보며 나도 불안했다. 이렇게 가시면 안 되지. 엄마와 육 남매들을 어쩌라고, 직장생활을 막 시작한 내가 가장이 되어야 할지도 모른다. 나는 간절한 마음으로 싸늘하게 식어버린 아버지의 다리를 주무르며 제발 의식이 돌아오기만 빌었다. 가망 없는 날이 하루를 넘길 동안 옆에 누웠던 연탄가스 중독 환자가 실려 나갔다. 멀쩡해 보이던 사람이 사망했다. 울음소리가 들려오고 점점 피할 수 없는 책임감이 무겁게 짓누르는 걸 느꼈다. 그래 맏이니까 동생들이 자리 잡을 때까지 학비와 생계를 책임져야겠다는 생각을 굳히게 되었다. 그동안 꾸던 꿈들이 사치스러웠다는 생각과 함께 내게서 무언가 한꺼번에 빠져나가는 기분을 느꼈다.

어느 순간 아버지의 몸이 따뜻해지는 것 같았다. 모든 짐을 지고 사셨던 아버지가 힘겹게 다시 회복의 길로 들어섰다. 살았다. 아버지도 살고 우리 가족 모두가 다 살았다. 잠시 짐을 내려놓았던 가장의 무게를 아버지는 다시 지려고 깨어나신 것이다. 살 사람이 죽고 죽을 사람이 살았다고 옆의 사람들이 이야기를 했다. 어머니는 놀란 가슴을 달래며 술 때문에 사람을 이렇게 골탕 먹인다며 술을 끊으라는 잔소리에 아버지는 겸연쩍게 웃으신다. 그때 나는 술 먹는 사람하고는 절대 결혼 안 한다고 말했던 것 같다. 아버지가 나오신 뒤 변소에 들어서면 나던 시큼한 냄새도 무척이나 싫었다.

겨우 정신이 들자 아버지가 살아나신 데는 은인이 많다고 입을 모았다. 전화를 받고 새벽에 우리 집을 찾아온 부하직원이 있었고 고종사촌 형부의 도움으로 병원의 지인들이 애썼고 무엇보다 그날 아버지를 구해준 사람이 있다. 그를 찾았다. 그는 쑥스러운 표정을 지으며 부대 밖으로 나오다가 다리 밑에서 이상한 소리를 들었다고 했다. "아버님이 살 운이었지요." 통금시간에 거기를 지나갔을까? 그가 일반사람이었더라면 다닐 수 없는 시간이다. 특수부대 요원이었던 그를 하늘이 보낸 것이다. 아버지는 두 번의 철도사고와 함께 세 번째로 구사일생을 하셨다. 아흔이 넘은 지금도 기억력과 식욕이며 목소리는 여전하시니 많은 은혜를 입고 사신 것이다.

아버지의 은인은 그 뒤 우리 집에 가끔씩 들렀다. 늘 환대하며 극진히 모셨는데 나와 비슷한 또래였던 그는 부담스러웠던 것인가. 그에 대해 그다지 아는 바가 없다. 가족이라든지 속내를 모른 채 은인으로만 기억에 남아 때때로 떠올리고 있다. 어쩌면 딸부잣집 식구들에게 관심이 있었을 법도 한데, 바람처럼 왔다가 간 뒤 잊을 만하며 나타났다. 우리들도 결혼하고 멀리 떨어져 사는 동안 그 사람의 소식을 부모님으로부터 간간이 들었다. 마지막으로 본 것은 그도 고향에 돌아가 결혼을 했으며 아이 둘을 두었다고 했다. 키위농사를 짓고 있는데 그때는 낯선 열대과일이라 궁금해 하는 우리들에게 열심히 사업에 대한 꿈을 펼쳐보였다.

아버지의 은인을 만나면서 세상에는 좋은 사람들이 많다는 걸 알았다. 누굴 위해 선한 일을 베풀거나 도움을 받으면 사는 맛이 난다. 우리 가족들이 저마다 꿈을 펼치며 이렇게 순탄하게 살아온 것도 그와의 인연 때문이다. 그러나 시간이 흐르면서 그 고마운 마음을 잊고 지낸 날이 많았다. 하지만 은인이라는 말을 할 때마다 기억의 사진첩에는 미소 지으며 다가오는 청년의 얼굴이 있다.

일자봉에 점 하나로 눕다

드디어 말로만 듣던 그곳에 왔다. 지나온 길은 숲으로 숨어들고 좁고 가파른 비포장 길을 힘겹게 올라온 자동차 바퀴에서는 타는 냄새가 매캐하니 났다. 어느 집에서나 있음직한 오래된 이야기 하나를 좇아 이곳으로 오르는 동안 나무와 길이랑 시선이 닿는 곳마다 뭉클한 감동이 일었다.

팔월의 태양 아래 잡초들만 숨 쉬는 듯 무성하게 키를 키우고 있는데 정작 무덤은 고요하다. 바람에 실려 와 자리를 잡은 기름나물, 패랭이, 마타리 꽃이 피었다. 일렁이는 꽃들의 재롱을 보면서 영혼은 무료함을 달랬으리. 오르기만 해도 신선이 될 법한 산 정상에서 구름과 바람에 씻긴 맑은 영혼으로 자손들에게 길을 열어주고 있을 그분을 그려본다. 일자봉에 누워계신 그분과 얽힌 우리들의 전설 하나는 지금도 진행 중이다.

오래 잊고 지내다 뒤늦게 찾아뵌 자손들은 송구한 마음으로 잡초들을 뽑아낸다. 다 뽑고 나면 오히려 민둥하게 될까 걱정이다. 같이 간 시숙들도 그분과 무언의 대화를 나누는지 묵묵하고 진중하다. 한 번도 뵙지 못한 시 증조할아버지는, 엎드려 정성을 다하는 당신의 자손들이 살가워 흐뭇하게 미소를 지으리. 허물어진 축대를 쌓는 자손들의 등줄기로 땀이 도랑물처럼 흐르지만 느꺼운 마음은 뜨거운 태양을 견디며 보람을 느끼는 순간이다. 모두가 자신의 살붙이를 떠올리며 가슴에 점 하나를 찍어가고 있으리.

조금 전에 지나왔던 황씨부인당에서 징소리가 들려온다. 무병을 앓는 이들이 각지에서 모여들어 와 신내림 굿을 준비하고 있었다. 텔레비전 전설의 고향에서 보았던 황씨부인의 애틋한 이야기로 가슴 저리던 전설의 장소이다. 우물처럼 고인 눈동자의 여인들이 사당을 오르내리며 정성을 드리니 외로운 황씨부인의 영혼은 그들의 마음에 응어리진 족쇄를 풀어주며 어루만지고 있으리. 가여운 여인들의 발끝이 굿마당과 작두 위라는 극한의 경지에서 세상을 초월하는 혜안을 열어 다시 세상으로 나아가길 빌어본다.

저녁상을 물리자 어머님은 손자를 안고 "이놈 장군이네. 눈에 총기 좀 보거라. 눈썹은 또 어떻구. 지 할아버지 닮아 숯덩이 같네." 액자 속에서만 보았던 시아버지의 짙은 눈썹 밑에 퀭하고 깊숙한 곳에서 빛나는 눈동자를 보았을 때다. 카리스마가 넘쳤고 길게 기르신 검은 수염으로 남

다른 개성을 강하게 느꼈었다. 어머님은 지금 손자를 보면서 어떤 사람이 되었으면 하고 바라고 계시는 걸까. 먼저 가신 지아비에 대한 그리움이 이는지 잠시 말이 없으시다. 그때, 느이 시아버지가 하시면서 꺼내놓은 이야기는 일월산의 증조부의 묘소와 얽힌 이야기였다.

"할아버지는 좁쌀 하나라도 허투루 여기면 혼을 낼 정도라 천석꾼 소리를 들을 만큼 가세를 일으켰지. 자손들의 앞날을 생각해서 지관을 대동하고 전국의 명산을 찾아다니셨다고 하더라. 딸 여섯에 외아들이신 당신이 너무 외로우셨던 게지. 그래서 묘향산, 금강산, 지리산으로 팔도를 다니셨는데 안 가 본 데가 없다더라. 일월산에서 명당 터를 찾게 되서 증조부의 묘를 쓰느라 그 많던 재산을 탕진할 정도였다지 뭐냐."

고향에서 묘지까지 가는데 보름이 걸릴 정도로, 걸어서 다니던 시절의 이야기다. 안동에 근무하고 있을 때, 종시숙이 시제를 지내고 나서 우리 집에 묵어가시면서 하시던 말이 떠오른다. 제사에 올릴 음식을 산지기가 지고 어둑어둑할 때 길을 나서서 산소에 올라갔다가 내려오면 하루해가 넘어갔다고. 소중하고 귀한 것은 쉽게 얻어지는 것이 아닌가 보다. 묘를 쓴 내력이며 시사지내는 이들의 힘든 여정담들은 전설처럼 친척들이 모이는 날이면 저마다의 기억 속에서 꺼내놓았다. 가보지 않은 그곳은 그렇게 아득하고 먼 곳에서 우뚝하게 서게 되었다.

일자봉과 월자봉의 두 봉우리 중에 일자봉의 날 일자(日)의 가운데 획에 해당하는 장소에 묘를 썼다. 날일자의 동그란 상형글자가 그려진다. 해의 가운데에 점에 해당하는 곳이라니 깊은 의미가 담긴 터다. 묘터에 대한 상식이라고 해야 좌청룡 우백호 정도밖에 모르는 문외한이지만 자못 의미심장해서 그 뜻이 이루어질 것만 같은 믿음이 생긴다. 수자 항렬에 가서 큰 인물이 난다고 하는데…. 나는 자식을 키우는 어미가 아닌가. 가당찮은 이 말에 혹하지 않을 이 있을까. 그것도 내 아들 대에서라니. 그 상징적인 말에 우리 시댁의 친척들은 저마다 가슴에 불씨를 하나씩 묻고 지내는 것 같았다. 또한 굉장한 끌림이 나를 사로잡았다.

뵙지 못한 그분 앞에 삼가 머리 숙였다. 시조부께서는 이곳에 묘를 쓰기 위해 유골을 담은 상자를 가슴에 안고 지관과 일군들을 대동했다고 한다. 나무꾼들이 낸 길을 따라 이 산 정상에 올랐을 대장정. 혼자 몸으로도 오르기도 쉽지 않은데 엄숙했을 행렬의 모습을 떠올려본다. 자손들의 앞날에 발복을 위해 삼백 리가 넘는 고향에서 출발해 넝쿨을 헤쳐 가며 올랐으리라. 일가의 번성을 위해 의성에서 솔가해 보은에 터를 잡으실 무렵, 시아버지는 일곱 살이라 했다. 그 후 많은 자손들이 나고 시아버지의 사업수완으로 또 다른 전설을 남기게 되었다. 전쟁과 혼란 속에서 보은에 뿌리내리게 된 것도 그렇지만, 자손들에게 전설 하나 심어두었기에 친족들이 모인 자리나 저마다의 가정에서 입으로 전해지고 있다. 더러 각색이 되기도 하겠지만 지금까지 줄거리를 다듬어가며 심지처럼 가슴에 박혀 있도록 하셨다. 그것이 이루어지고 아니고는 그 다음 문제다. 어머님의 이야기는 책갈피에 눌러둔 압화처럼 빛이 바랬지만 그날을 떠올리게 한다.

"느이 시숙이 중학교 다닐 때다. 미군부대가 들어서는 공사 때문에 길이 묘를 지나게 되서 큰일이 났어. 이장을 할 형편인데 할아버지가 숟가락만 있을 정도면 이 산소를 지키라는 말을 남기셔서 느이 시아버지가 동분서주 했단다. 그때 데리고 간 시숙이 미군 앞에서 영어 실력을 발휘하는 바람에 길이 돌아가게 되었지."

워낙 공부를 잘해 수재라는 소리를 듣던 시숙이었으니 그럴 수도 있었으리라. 내게 그런 상황이 닥친다면 십 년 넘게 배운 영어실력에도 입 한 번 열지 못할 것만 같다. 시숙이 대단해 보였다. 아마 맏이에 대한 기대가 남달라 좀 과장되긴 했겠지만 큰일을 하는 데 역할을 단단히 한 모양이다. 요즈음 와서 들은 시숙의 얘기로는 대학 다닐 무렵에 그런 일이 있어 한 학기 수업을 못할 정도로 공사현장으로 가서 현장소장을 만나고 알 만한 사람을 찾아다니느라 발에 물집이 났다고 했다.

내 아들은 이제 삼십대 중반을 넘었다. 전공도 다르고 큰 인물이라고 하는 사회적인 성공 쪽으로는 관심이 없는 터라 한참 잊고 지냈다. 선산에서 벌초할 때 그 전설 같은 이야기가 나왔다. 오래전에 들었던 어머님의 이야기라 흐려졌던 기억을 다시 바로잡을 기회가 생겼다. 아들 대가 아닌 증손자 대에 발복한다고 했다. 원래 전설은 입에서 입으로 전해지다 보니 말하는 사람이나 듣는 이의 마음에 따라 각색이 되거나 잘못 기억이 되긴 하지만 큰 인물이 나온다는 근본 줄거리에는 변함이 없었다. 잊었던 그 전설에 또 다른 욕심을 내며 며느리에게 꿈을 이야기했다. 그 꿈이 이루어지지 않은 걸 보면 앞으로 이루어질 것이고 이루어지지 말라는 법도 없지 않은가.

이곳으로 벌초하러 오는 자손들의 머리에도 어느덧 서리가 내려 희끗희끗하다 무덤을 보살피는 손길은 갈수록 살뜰해져 간다. 그동안 축대도 쌓고 주변 정리를 해서 제법 모양새가 좋아졌다. 다행히 군에서 이곳을 공원화하느라 길을 포장하고 가꾸어 놓아 소풍처럼 다녀갈 정도로 주변 경관이 좋다. 얼마나 이곳에 오르내리게 될까. 이곳에 마음 붙이며 가슴에 찍고 있는 점 하나를 붙들고 오르내리는데 이들 또한 어느 날부터 전설적인 인물이 되어가리.

껍질과 알맹이

알맹이 없는 껍질들이 뒹굽니다. 수취인의 손으로 벗겨진 껍질들이 한꺼번에 몰려나왔습니다. 오늘은 쓰레기 분리수거하는 날이니까요. 종이와 깡통이며 플라스틱, 비닐포장과 박스들을 마대에 보탭니다. 한꺼번에 던져지는 일주일치의 종이와 박스는 작은 산을 이룹니다. 이렇게 일 년간 쌓아둔다면 어떻게 될까요? 생각만 해도 끔찍합니다. 발이라도 디딜까 싶네요. 쓰레기의 행선지를 모르는 나는 별 생각 없이 뜯고 벗기고 버릴 줄만 압니다. 날마다 우편물을 뜯고 마트에서 사온 포장을 벗기고 있습니다. 현관 모퉁이의 쓰레기통이 부풀어지면 갑갑해집니다. 목요일 저녁을 기다리며 내다버리지 못해 안달을 합니다. 그나마 재활용이 된다니 다행입니다.

내 집에서 용납할 수 없는, 쓰레기가 될 포장은 왜 하는 걸까요. 세상에는 벗겨야할 껍질들이 너무 많아요. 적은 돈으로 생색을 내려는 사람과 과분한 선물을 기대하는 사람들 속에서 크고 화려하게 포장하려는 것은 어쩌면 당연한 일이기도 하겠지요. 주고받는 입장이 서로 바뀌기기도 하는지라 공작의 꼬리를 펼치듯 부풀리거나 혹하게 만들어도 나무랄 수가 없네요. 포장도 예술이라고 하는 이가 있나 하면 나부터도 아름이 넘는 선물을 받으면 그만 행복해서 얼굴이 환해집니다. 다만 지나치게 속빈 강정이 아니었으면 합니다. 알맹이가 껍질에 밀려나는 꼴은 슬픈 일이니까요. 상품을 보호한다는 차원도 있고 하니 포장은 피할 수 없는가 봅니다. 광고까지 더하면 지금은 뻥튀기처럼 부풀리는 시대라고 할 만하지요. 신문을 펼쳐도 TV를 켜도 인터넷을 열어도 광고투성이니까요. 정작 알맹이들이 내게로 왔을 때는 초라해 보이니 걱정입니다. 또 껍질들이 내게 오기까지 들어간 비용이 얼마일까 궁금해집니다.

나는 지금 수박껍질을 들고 걱정합니다. 이렇게 무게가 나가는 걸 앞으로 사야 하나 해섭니다. 음식물도 종량제가 된 지 얼마 되지 않아 그런가봅니다. 참외는 얇게 깎고 사과는 껍질째 먹으면 되지만 수박은 어찌 해볼 도리가 없어요. 가을에는 김장도 할 텐데 그만 껍질들이 부담스러워집니다. 며칠째 마트에 들러도 덩치 큰 수박을 쳐다보기만 하고 그냥 스쳐 지났습니다. 참다못해 오늘은 사들고 와버렸어요. 수박 없는 여름은 생각할 수 없을 만큼 좋아하니까요. 찬바람이 불어올 때까지 냉장고에 떡하니 버티고 앉은 수박을 야금야금 먹어들어 가는 즐거움을 포기할 수가 없습니다.

껍질에 대한 불만이 많다고 해서 알맹이만 들이민다면 어떨까 생각해 봅니다. 그건 농담도 할 줄 모르고 쓸 말만 하는 사람만큼이나 재미없을 것 같아요. 분위기에 따라 허튼소리도 하며 실없이 웃는 사람이 편하고 좋습니다. 가뜩이나 생존경쟁에 휘둘려 긴장감으로 팽팽할 때 느슨하고 에돌아가는 여유가 그립지 않습니까. 아줌마들끼리 그늘에 퍼질고 앉아 시장에서 사온 푸성귀를 다듬고 마늘도 까면서 수다를 풀어내려면 껍질이 있어야겠지요. 티비 앞에 앉아 과일껍질을 깎을 때 기다리는 아이의 입에 넣어주면 제비처럼 받아먹는 모습이 얼마나 예쁜가요.

껍질 없는 수박이 상상됩니까? 줄줄 흐르는 단물을 어떻게 주체하라고요. 그럴 리야 없겠지만 무엇보다 수박을 고르는 재미가 사라지는 것이 싫습니다. 껍질을 보고 살필 때는 신랑감 고르는 것처럼 진지해야 합니다. 꼭지가 말라 신선도가 떨어지지는 않는지, 속이 익었는지 덜 익었는지 검지와 장지로 노크해보고 너무 가벼운 소리가 나도 안 되고 무겁게 통통거리면 십중팔구 덜 된 거라고 보면 됩니다. 거기다 색깔이 선명하고 줄무늬가 고르게 퍼졌나 보고 마지막으로 밑동까지 봐서 배꼽이 작아야 합니다. 보이지 않는 속내를 짐작하며 최고를 고르는 즐거움을 포기할 수가 없습니다. 장마철을 만나거나 출신을 모르면 그건 운명이라고 봐야지요. 결혼해봐야 속내를 아는 것처럼 결국에는 쪼개봐야 알게 됩니다.

아무리 종량제 봉투가 부담스러워도 숨은 그림 찾기 같은 수박 속살의 유혹을 물리칠 수가 없을 것 같습니다. 칼을 갖다 대면 껍질이 쩍하고 갈라지는 경쾌한 소리에 기분이 좋아집니다. 붉은 속살을 한 입 가득 베어 물고 성가신 씨앗들을 발라내면 흥건하게 고이는 단물, 여름한철의 더위는 견딜 만합니다.

껍질들은 저마다의 빛깔과 모양이 있고 표정이 다릅니다만 알맹이를 지키려는 것은 일치합니다. 거북등처럼 갈라진 소나무가 있는가 하면 배롱나무처럼 미끄러운 것, 종이처럼 벗겨지는 자작나무가 있습니다. 그들도 한때는 안이었습니다. 물속에 사는 게가 아무리 삐딱하게 걸어도 속살을 지키려고 단단하게 무장을 했습니다. 껍질은 보호막입니다. 발가벗고 다니던 유토피아가 사라진 것도 아마 보호막이 없었기 때문이 아닐까요?

껍질과 알맹이를 구분 짓는 것이 부질없는 것 같습니다. 껍질이 있어서 우리가 사는 세상이 풍요로워지기도 하니까요. 알맹이와 거리를 좁힌다면 껍질들을 위하여 없어지라는 말은 하지 않겠습니다.

돌이 어메

"속눈썹 좀 떨었으면
세상은 내 편이었을까"

속눈썹이 좀 길었으면 했다. 그날 문화교실의 주제는 영화 〈애수〉였다, 이별을 예고하는 '올랭 사인' 가락은 애상에 젖어들기 충분했다. 여배우의 커다란 동공에 물기가 고이고 기다란 속눈썹이 덮일 때였다. 내 가슴도 무너져 내렸다.

사람들이 보는 앞에서는 울지 않으려고 했다. '울면 바보'라는 말을 떠올리며 울음이 터지려고 할 때마다 입을 틀어막았다. 감정을 드러내는 것은 남세스러운 일, 부모가 돌아가시거나 나라가 망할 때 우는 거라고, 눈물샘은 그렇게 단련되어 왔다. 우는 아이 젖 주기라는 말도 있는데 일부러라도 울어보지 않았을까. 세상살이 눈물로 살까 해서 가르친 금기였을지도 모른다. 그러고 보면 어머니가 눈물을 보인 적이 없었던 것 같다. 말로써 차근차근 풀어내지 못해 분하고 억울할 때는, 남에게 보이기 싫어 이불을 쓰고 몰래몰래 훌쩍거렸을 뿐. 눈물이 무기라는 걸 알았더라면 새처럼 울어서 듣는 이의 마음을 움직였으리라.

돌이 어메의 곡소리는 구성지다. 상가에 발이 들어서기도 전에 곡소리가 앞선다. 그렁그렁 눈물이 곧 쏟아질 듯 흥건하다. '애고 애고 이를 어쩌누 이렇게 갈 거면 뜨신 밥이라도 해드릴 건데. 아이고, 불쌍해서 어쩌나. 우리는 어째 살라고….' 곡소리가 누선을 건드리자 여기저기서 훌쩍거리다 울음이 터지고 상가는 한바탕 울음바다를 이룬다.

그녀는 창수아베의 작은댁이다. 평생을 지아비의 발걸음을 기다리며 밤에 우는 새처럼 밤마다 남편을 그리는 정으로 애태웠지만 늘 반쪽을 차지했다. 중매쟁이에게 속아서 시집왔다던 그녀. 가끔 눈썹이 파르르 떨리며 자신의 신세를 한탄하며 넋두리를 쏟아낼 때면 아무것도 모르고 시집 왔을 꽃다운 모습을 그려지며 애잔해졌다. 아마, 돌이 아베도 그녀의 눈썹이 떨리기라도 하면 마음이 기울지 않을 수 없었으리라. 정 많은 그녀는 누구라도 만나면 '그래, 어쩌누.' 예의 그 눈썹을 가늘게 떨며 손을 잡는 까닭에 작은댁이라는 생각을 해본 적이 없다. 그녀의 자식들이 많이 배우지는 않았지만 늘 웃음이 넘쳤고 딸들은 습습한 신랑감을 만나 잘 사는데 어메를 닮아 그렇다고 믿는다.

잘 울어서 아름다울 때가 있는데, 상을 당했는데도 눈물이 나지 않을까 괜한 걱정을 하며 돌이 어메를 떠올린 적이 있다. 새처럼 소리 내어 울 줄 모르고 속울음만 울고 있다면 답답할 노릇이 아닌가. 여느 때는 '흐응~' 콧소리를 내며 넘어갈 일도 언제나 진지하고 심각해서 탈이다. 속눈썹을 떨어 쉽게 풀어갈 일도 어렵게 해온 것인가.

진지함만이 답일 수 없으리. 교과서처럼 딱딱하지 않고 말랑말랑한 감성을 가졌으면. 메마른 눈물 탓으로 내게 억울하고 아픈 속내를 털어놓고 간 사람이 몇이나 될까. 특별하게 떠오르는 이가 없다, 오히려 내 아이들마저도 그러지 않았던 게 아닌가. 현명하게 처신하라고 다그치며 해결 방법부터 내놓으며, 쉬 정리하지 못하는 마음을 두고 조급증이 나서 나무라기 바빴다.

다시 회복하는 건 어려울는지. '그래, 맞구나. 얼마나 힘드니. 나 같으면 너처럼 해보지도 못하지.' 내편을 만들지 못하는 나는 울음도 함께 나눌 줄 모르는 바보였다.

아침 산책길에 드니 새들이 운다.

"삐비삣, 삐이 벳 쪼옹, 쮸빗 쮸빗, 째째쨋, 까악 …."

가까이 또는 멀리서 귀를 간질이는 새들의 울음소리에 걸음을 멈춘다. 한참이나 올려보아도 좀처럼 제 모습을 보여주지 않더니 허공을 가르며 날아간다. 울음은 언어가 되고 노래가 된다. 새처럼 울지 못하지만 눈물로 말을 하는 방법도 있다는 걸 생각하며 돌이 어메를 떠올려 본다. 달맞이하듯 남편을 반기며 젖은 눈썹을 파르르 떨었을 그녀를 떠올리며 새처럼 나무에 걸터앉는다.

늦어 방향을 수습하네
*바람의 행간을 수선하네**

---

* 정수자의 사설시조「환향」의 초장과 종장 인용
중장 '울음으로 짝을 안는 귀뚜라미 명기거나 울음으로 국경을 넘던 흉노족의 영적이거나 울음으로 산을 옮기는 둔황의 그 비단 명사거나 아으 방짜의 방짜 울음 같은 구음 같은 맥놀이만 하염없이 아스라이 그리다가'

수필에 뿌리를 내린다.
나를 담아낼 수 있는 참한 그릇을 만난 것이다.
욕심 없이 잔잔한 즐거움을 내게 선물하여
흘러가는 시간에 물비늘처럼 반짝거리게 할 것이다.

5

결혼의 감정

결혼의 민얼굴

태풍이 북상하고 있다. 목마른 땅은 갈증을 푼 듯 이제 물기를 밀어내어 물길을 이루며 간다. 스물여덟에 한 남자를 만나 결혼을 했다.

뼈가 가루가 되도록 당신을 위해 살겠다던 말을 철석같이 믿고 시골집 아래채에 가난한 신혼살림을 차렸다. 그는 나보다 한 살 아래이다. 친구들은 대여섯 살이나 많은 신랑을 맞아들였다. 그게 당시 추세였다. 기반이 잡힌 신랑감이라야 고생을 덜 한다는 심리였으리라. 시집에 가서 보니까 동서 둘이 시숙들보다 두 살이나 많았다. 노처녀는 그다지 문제 삼지 않는 분위기였지만 내가 느끼는 한 살은 십 년이나 아래인 듯 여기는 데는 이유가 있다. 오랜만에 그를 보는 사람들에게서 '하나도 안 변해 옛날이나 똑같다'는 말을 곧잘 들을 만큼 그때도 동안이었다. 그에 비해 걸망스러운 나는 선을 보러 나갔을 때 엄마를 이모냐고 물었던 기억은 적지 않은 상처였다. 물론 엄마가 젊어 보이는 게 싫은 건 아니지만 내가 그만큼 늙은 처녀인 듯 여기나 싶어서다. 엄마와 다니면 비교되는 게 불편했다. 든든한 신랑감을 꿈꾸던 터라 한 살 연하는 삼백육십오 일, 달력 열두 장의 두께로 느껴졌다. 그런데 그건 기우였다. 가장이 나서야 할 때 언제나 방패막이 되어주었고 대변인 같아 멋있기까지 했다. 아마 막내였던 아버지가 어머니에게 늘 져주는 편이라 나는 오래전부터 보호막이 되어줄 남자를 원했던 것 같다.

그는 가끔씩 지나간 풍경화를 들춘다. 일월에 결혼한 우리가 어머님을 뵈러 그의 고향으로 갈 때였다. 낙동강이 얼어붙어 나룻배가 갇히는 바람에 빙판 위를 걸어야 했다. 다시 상주에서 버스를 갈아타고 '화령재'를 넘는데 눈 덮인 나무들이 저 아래로 내려다보였다. 고개를 넘어 어머니가 계신 곳이 가까워지자 그는 점점 말이 많아졌다. 아내를 데리고 어머니를 뵈러가는 길이 뿌듯했는지 연신 어렸을 때 아버지를 따라 고개를 넘어 화령장터에 갔던 일이며, 고개를 중심으로 이쪽저쪽으로 흩어져 간 친구를 떠올리거나 어머니와 달밤에 소장수를 따라가며 구병산 모랭이를 돌던 일과 같은 옛 길들에 대한 기억들을 늘어놓았다.

살림을 차리고 보니 못을 치거나 형광등을 갈아 끼우고 무거운 걸 옮기는 일처럼 남자가 힘 쓸 일이 많았다. 못을 쳐달라고 하면 그런 일을 안 해본 터라 망치로 못을 친다는 게 엄지를 쳐서 멍이 들기도 하고 형광등을 갈아 끼우는데 펜치 달라 못을 들고 있어라 주문이 많았다. 걸상 위에 올라가 꾸물거리는 동안 나는 떨어지지 않게 걸상을 붙들고 있어야 했다. 천천히 꼼꼼히 하는 편인데 비해 나는 후다닥 해치우는 편이라 성질 급한 내가 번쩍 들어다 옮기고 웬만한 일들은 기다리지 못하고 먼저 해 버렸다. 아이를 키울 때도 역시 그랬다.

책상에 오래 붙어있지 않는 아이는 호기심이 많아 여기저기 기웃거리며 일을 잘 저질렀다. 퇴근해서 집에 오면 혼낼 일들이 많다. 숙제도 안 하거나 어쩌다 해놓아도 글씨는 날아다녔다. 엉덩이 싸움이라도 했으면 좋으련만 짓궂게 장난을 잘 걸어 동생을 자주 울리며 바깥으로 나돌았다. 요즘 아빠들처럼 같이 고민하는 게 부러웠다. 우리들은 아이들 문제로 잘 다투었다.

우리들의 민얼굴을 극명하게 보여준 날이다. 몇 달 만에 집에 온 아들이 '티코 프로젝트'라며 내놓았다. 책이 무거워서 힘들고 학교에서 자취방까지 오가는데 공부하는 시간을 많이 빼앗긴다는 것이다. 해서 가장 저렴한 가격으로 차를 운행할 수 있으니 한번 봐달라는 것이다. 물론 용돈 범위 내에서 감당할 수 있단다. 기름 값이 얼마 들며 보험료는 얼마라는 계산까지 해서 적혀 있었다. 다른 아이들도 차를 어느 정도 가지고 다니는 것도 같고 얻어 타기도 하는 모양이었다. 더러는 여자애를 태우고 다니다가 학점을 놓친 이야기도 들었다. 남편은 눈을 커다랗게 뜨고 학생 신분에 무슨 차냐고 버럭 화를 냈다. 아들은 크게 실망하고 돌아갔다.

그때부터 나는 물밑 작업에 들어갔다. 교정이 넓어서 그 안에서 이동하는 것도 만만찮고 집과 거리며 무거운 의학서적을 감당하는 게 안쓰럽지 않느냐고 따졌다. '비싼 차도 아닌데' 라는 말이 떨어지기 무섭게 학생이 무슨 차냐고 소리친다. 제 힘으로 벌어서 사는 게 맞고 헛바람이 들면 못쓴다고, 내 눈에 흙이 들어가도 안 된다고 눈을 부릅떴다. 나는 아이가 어려운 공부를 하는데 곁에서 먹을 것을 챙겨주지도 못하고 빨래며 청소를 해가며 언제 공부하느냐고, 조금이라도 편하게 해주는 게 뭐가 나쁘냐고 맞섰다. 그것도 부쳐주는 돈으로 해결하겠다는데 말릴 이유가 없지 않으냐고. 당신이 아이를 망친다는 말에 나도 참지 못했다. 그렇게 융통성 없이 살라면 혼자 그렇게 살라고. 이제는 답답한 성격이 지겹다고. 붉으락푸르락 얼굴빛이 바뀌며 그의 고집과 내 고집이 충돌했다.

그 일은 엉뚱하게 일단락을 보았다. 아이가 농구를 하다가 인대가 끊어지는 사고를 당했다. 입원을 하고 퇴원을 하면서 목발을 짚고 학교를 다녀야 할 형편이 되었다. 아이가 편하게 한 단계 올려 포니를 사 줄 수밖에 없었다.

결혼 전에는 화장을 곱게 하고 좋은 면만 보이려던 그 마음은 결혼 후 화장을 지우면서부터 곳곳에 복병처럼 나타나는 민얼굴을 보였다. 그는 공부하는 아이가 헛바람이라도 들어서 공부에 소홀할까 염려하며 인내

심을 가르치고 있었을 테고 나는 아이 편에서 우물에 가서 숭늉을 찾듯 마음이 급했다.

평행선을 달리던 선로에서 느닷없이 만나는 기차는 위태롭다. 피난처에서 잠시 거대한 바퀴소리를 내며 달려오던 기차가 다 지나갈 때까지 기다릴 줄 아는 나이가 되었다. 그렇게 한바탕 태풍이 지나가고 나면 조금씩 다른 길이 보였다. 처음 약속을 크게 어기지 않았지만 좀 헐거워진 옷을 입은 듯 미지근한 온도를 유지하며 산다.

결혼의 감정

마음이 설레다

보여 지는 내 얼굴이 궁금하다. 예쁠까 미울까. 거울이 있기는 하지만 보는 이의 마음은 다를 테니까. 낮 동안 가면처럼 쓰고 다녔던 화장을 지운다. 외출복과 액세서리며 가방을 제자리에 두고 민얼굴이 되어서야 본래의 내 자리로 돌아온 듯 편안하다. 결혼 전, 남자친구를 만나러 가는 날은 꼭 화장을 하고 길을 나섰는데 내내 마음이 설레었다. 얼굴뿐만 아니라 머리끝에서 발끝까지 잔뜩 신경을 써서 팔색조처럼 날마다 다른 분위기를 연출했다. 그런 내가 결혼식을 올리고 나서 한 번도 보여주지 않았던 민얼굴을 내놓으려니 은근히 걱정되었다. 괜한 기우였다. 둘만의 은밀함을 공유하는 결혼은 거추장스러운 장식을 걷어내고 무장해제 시켜 허물없는 사이로 만들었다. 모두가 예뻐 보이고 같은 공간에서 숨 쉬는 것만으로도 행복한 신혼시절이었다.

화를 내다

결혼은 민얼굴과 마주하는 일이라 감정의 일렁거림이 고스란히 드러날 때는 간단치 않다. 삼십 년 가까이 서로 다른 곳에서 살다가 짝이 되었으니 와장창 깨지는 날도 있다. 가끔 자존심을 비틀어 주고 싶도록 미워질 때, 치밀어 오르는 감정을 누르지 못하고 원색의 감정을 분사한다. 흉허물 없이 지내다 보니 부끄러움과 조심성마저 없어져 일부러 상대의 코털을 건드리며 삐딱하게 굴며 화를 부추긴다. 어느 지점에서 감정이 폭발하는지 감지된다. 대부분 흐지부지 끝나지만 아이들 문제로 싸울 때나 친정과 시집의 일을 문제 삼을 때는 서로 물러서지 않는다. 물주머니 터지듯 흥건히 젖기도 하지만 사과하기 싫어 일부러 문이 부서지도록 닫고 나간다. 사랑과 전쟁은 나란히 가는 평행선이라는 걸 깨닫기까지 한참 걸렸다. 늘 맡겨둔 물건처럼 왜 주지 않느냐고 외쳐대고 있는 나를 본다. 화수분처럼 목마르지 않게 채워줄 줄 알았던가. 아니 나는 그에게 화수분이 되었던가. 환상에서 아직 깨어나지 못했다.

늙음을 애도하다

두근거리는 가슴으로 수줍게 다가갔던 날이 아득하다. 사랑해서 결혼하고 아들과 딸을 낳아 물보다 진한 핏줄의 관계를 만들었다. 가족이라는 울타리를 치고 고물거리는 아이들의 재롱에 꿀벌처럼 밥벌이를 위해 허둥거리던 날은 힘이 들었다. 돌아보지 못하는 사이 시어머니는 우리 곁을 떠나셨다. 황망한 애도의 기간이 끝나고 일상으로 돌아와 문득 외로운 남편의 뒷모습이 애잔해 보인다. 친정 어른들의 부쩍 늙은 모습도 받아들이기 어려웠다. 뒤늦게 윗세대의 감정을 읽는다. 훗날 나의 모습과 겹치는 날이 많아 살가운 마음을 내어보기는 하나 우선순위에서 뒤로 밀려났다. 오히려 울타리 안에 식구들을 한 번 더 보듬어 안으며 서로 기댄다. 예전에 무심코 흘려들었던 어머니의 말씀을 그대로 따라 하는 내게 놀란다. 별 수 없이 답습하며 '옛말 하나도 그르지 않다.' 는 말을 되뇌며 주례의 부탁대로 검은머리는 파뿌리가 되어간다. 언젠가 다가올 이별의 순간을 감지한다. 나이 드는 일만큼 슬픈 일은 없다.

즐거움을 선물하다

일상은 진경산수화처럼 리얼하다. 날마다 되풀이되지만 순간순간 기쁜 일들이 살맛나게 한다. 품안에 자식들도 커서 짝을 만나고 새살림을 차려 내보내는 동안 집안은 추수마당처럼 북적거렸다. 손자의 재롱을 보는 즐거움에 할머니라 불러도 마냥 좋기만 했다. 자식들의 둥지가 커지고 제 식구 거느리기에 바빠 걸음이 뜸해질 무렵, 문득 윤기를 잃어가는 내 모습을 본다. 많은 일들이 일어났고 그것들을 감당하느라 지친 얼굴이다. 고독이 밀려온다. 남은 시간이 얼마일까. 몸이 예전 같지 않으니 자신감이 없어지고 마음마저 허약해진다. 인생의 가을을 뒤늦게 깨달으며 쉬 지치는 기운을 추슬러본다. 여행을 떠나고 취미에 맞는 강좌들을 찾아다니다 마지막으로 수필에 뿌리를 내린다. 주검도 내 것이 아닌 날이 오기까지 나를 담아낼 수 있는 참한 그릇을 만난 것이다. 얼굴은 세월의 잔금이 흔적으로 남아 그믐달로 이울고 있다. 그가 예뻤다고 칭찬을 아끼지 않던 손에도 어느덧 손금의 골이 깊다. 나는 또 다른 화장을 한다. 나를 위해서 네일아트도 하며 내게 선물할 거리들을 생각한다. 또 다른 즐거움이다. 욕심 없이 잔잔한 즐거움을 내게 선물하여 흘러가는 시간에 물비늘처럼 반짝거리게 할 것이다.

결혼은 카피

– 유경희 『아트 살롱』을 읽고

'결혼은 키치'라고 한 말에 공감한다. '지속적으로 타인의 삶을 모방하는 것'이란 대목에서 고개를 끄덕이며 나는 '결혼은 카피'라고 말을 바꾼다. 내가 믿었던 아니 신봉했던 결혼은 그림 〈아르놀피니의 결혼〉의 풍성한 상징들 앞에서 별 수 없이 무너지는 걸 느꼈다.

오른손 잡기

신랑이 왼손으로 신부의 오른손을 잡고 있다. 거울 속에는 화가 얀 반 에이크와 성직자가 보이는데 바로 그 결혼의 증인인 셈이다. 황동으로 만든 샹들리에, 촛불이 하나만 켜졌는데 하나의 빛은 최초의 빛을 상징하는 것으로 첫출발을 하는 결혼과 의미가 통한다. 신부는 순결을 뜻하는 오렌지 꽃을 들고 섰다. 개는 인간과 가장 가까운 동물로 부부간에 지켜야할 충실한 미덕을, 거울이며 총채 등은 그냥 그려놓은 것이 아니다.

우리의 결혼식에서 원앙이라든지 연지 곤지며 폐백에서 보이는 밤, 대추가 상징하는 것처럼 그림 속에는 많은 것들이 상징을 담고 있었다.

우리는 하객들이 지켜보는 가운데 주례 앞에 섰다. 봉황 그림 앞에 하얀 면사포를 쓰고 아버지가 넘겨준 앳된 신랑의 팔짱을 꼈다. 빛나는 샹들리에 아래 촛대에는 화촉을 밝히는 두 개의 촛불이 너울거리고 부케를 든 나의 손은 떨렸다. 파뿌리가 되도록 해로하라는 주례의 당부만 귀에 와 박혔다. 길일을 택해 잔치마당 대신에 예식장은 하루도 여러 쌍의 신랑과 신부를 탄생시키는 장소. 우리도 남들처럼 많은 하객들이 지켜보는 가운데 예식장에서 웨딩마치로 첫 발을 내디뎠다.

아르놀피니는 성공한 상인이자 금융업자이다. 신부 또한 그에 걸맞게 부유한 은행가의 딸이다. 당시 처녀들은 갖은 수단과 방법을 동원해 남자를 차지하기 위해 경쟁을 벌였다. '바지 쟁탈전'의 승리자가 되려고 필사의 노력을 기울였다는데 결혼은 여자들에게는 둘도 없는 취직자리였기 때문이다. 보통의 여자들이 가질 수 있는 직업이래야 수녀 아니면 창녀 외에는 없던 시절이었다. 영악한 사람들은 연애기술을 익히며 사교계를 드나들었고 눈을 맞추려고 애썼을 것이다. 그림 속의 두 사람은 선택된 상류층의 결혼을 과시하고 싶었을까. 고급스러운 의상과 침실의 화려한 분위기와 함께 많은 이야깃거리를 낳았다.

내가 결혼할 당시만 해도 최고의 신랑감은 대기업의 대리나 부잣집 아들이었다. 거기다 갈치처럼 미끈하고 세련된 외모의 신랑감을 꿈꿨다. 하지만 시골로 발령을 받은 후 점점 그곳에 익숙해져갔고, 하숙에서 한솥밥을 먹으며 정이 들었는지 풋풋한 젊음으로 공감대를 느끼며 익숙한 사이로 바뀌었다. 어쩌면 아무리 콧대를 높여봐야 선택의 폭만 좁아진다는 걸 일찌감치 깨달았을지도. 시골에 묻혀 살다 보니 불편한 교통편으로 애써 집으로 오가는 일도 힘에 부쳤다. 한 살씩 나이를 더하면서 집으로 가는 일도 뜸해질 수밖에. 나의 견적은 아무리 잘 뽑아도 최고라고 하기엔 역부족인데다 인맥이나 가문으로 보아도 보석을 찾기란 서울 가서 김서방 찾기만큼이나 막막했다. 딸을 대학에 보낼 때는 좋은 곳으로 시집보내려는 어른들의 기대가 뒤를 받쳐주었지만 바지쟁탈전을 일찌감치 포기한 채 결국 자급자족이 되었다.

정조를 중하게 여기던 시대를 지나 신의와 우정을, 이제는 사랑에 대한 담론을 당연하게 펼친다. 한발 더 나아가 사르트르와 보부아르 커플처럼 살고 싶은 이들은 사랑과 우정의 관계를 원할지도 모른다. 그러나 대부분의 천재들이나 철학자 중 많은 이들이 결혼을 하지 않았다고 한다. 요즈음에 와서 결혼을 기피하는 젊은이들이 늘어나고 있는데다 이혼이라는 선택을 하는 경우도 많은 걸 보면 결혼이 얼마나 정신과 영혼을 소진시키는지 짐작케 한다.

결혼이 뭔지도 모르고 관습에 따라 당연히 거쳐야하는 일인 줄 알았던 나는, 소녀시절부터 이성에 대한 감정이 스멀스멀 피어오르다가 어느 순간 '저 사람이다' 생각한 것이 부모님의 채근이 정점에 달하는 순간과 맞아 떨어졌을 것이다. 내가 바라던 결혼생활은 타인의 삶을 줄기차게 벤치마킹하려는 몸부림이었는지도 모른다. 아무리 벗어나려 해도 자식, 시댁, 친정 안에 맴도는 다른 사람들의 결혼생활도 그다지 달라 보이지 않는다. TV 광고를 보거나 드라마를 보면서 또는 유명인들의 화려한 결혼식과 늘 비교하거나 닮으려고 했던 건 아닐까. 어떨 때는 행복하다고 믿었고 어떨 때는 내 처지가 서글퍼지기도 했던 지난날들. 타인에게 보이려고 스위트홈의 액자 속으로 들어가려고 애썼던 것 같다.

누구의 삶이라도 저울에 달면 한 치도 치우침이 없다는 말을 곧잘 듣는다. 복을 다 주는 법은 없고 말 못할 고민은 하나씩 가졌다고 나 또한 남들처럼 입으로 되풀이한다. 나를 힘들게 하고 불만스러웠던 것들이 소소한 기쁨과 함께 어우러져 결혼은 한바탕 빛과 그늘로 짠 아롱다롱한 무늬로 빛나는 게 아닌가. 카피된 닮은꼴의 삶을 사는 보통 사람이라는 것을 부인할 수 없다는 데 무게가 실리는 하루다.

디아스포라의 둥지

우리는 반딧불이처럼 해가 진 뒤에 만났다. 논두렁길로 들어서는 순간 개구리 울음소리가 뚝 끊어졌다가 다시 이어지는 들길. 등 뒤로 어둠에 묻힌 마을이 사각의 창으로 노랗게 불빛을 흘려보냈다. 오슬오슬한 한기를 느끼며 어둠 속에 짙은 그림자가 다가오고 서로를 알아보는 눈빛은 반짝였다. 남의 눈을 피하기 위해 자주 찾는 곳이다. 낮에 혹 하숙에서 마주치기라도 하면 모른 척 지나쳐 우리의 만남은 감쪽같았다. 좁은 시골바닥에 얼마나 많은 눈들이 지켜보는데 처녀총각 선생이 눈이 맞았다고 입소문이 나면 큰일이다. 간혹 멀리 시외버스를 타고 나갈 때도 있었다. 스파이 작전하듯 늘 조간신문에 찌라시처럼 쪽지가 배달되었다. 결혼식도 방학 때 서울에서 올리느라 개학 후에야 모두가 알게 되었다. 아침마다 모닝커피를 담 너머로 보내주던 여선생의 표정을 보기가 참 민망했을 정도로 우리들의 작전은 완벽에 가까웠다. 가끔 그는 노처녀 하나 구제했다면서 쓸데없이 높은 나의 콧대를 주저앉히곤 한다.

어쩌면 그 말이 맞는가 싶을 때도 있다. 친구들의 신랑들은 대여섯 살이나 많다 보니 어느덧 머리가 허연 노인네가 되어 연하남이라고 놀리던 애들이 지금은 부러워하는 눈길을 은근히 보낸다. 나라고 왜 제비처럼 잘생긴 남자에게 끌리지 않았을까마는 그놈의 전축 때문이다. 무슨 커다란 야망이라도 품었는지 아침마다 영어 회화 레코드판에서 흘러나오는 소리는 영어를 능통하게 주고받는 그의 미래처럼 밝아 보였다. 거기다가 뼈가 가루가 되도록 한 몸을 바치겠다는 말에 아마 그러고도 남을 사람이라고 숙맥처럼 믿었다.

집에서는 스물여덟이 되면 큰일이라도 나는 양 짐 떠안기듯이 결혼을 서둘렀다. 사주단자를 가지러 간 그가 도착한다는 차시간이 훌쩍 지나고 있었다. 왜 이리 늦은지 전화를 해 보란다. 집 전화번호? 왜 진즉 물어놓지 않았을까? 엄마가 너는 뭘 아느냐고 묻는다. 가족들이 몇이며 무엇을 하며 어른들은 어떤 사람들인지 어느 동네 사는지, 서울이라는 것 외에는 아는 게 하나도 없다. 그에 대해 믿는 거라곤 날마다 출근하는 실물일 뿐이다. 갑자기 눈앞이 캄캄해졌다. 남의 속도 모르고 엄마는 느닷없이 속은 거 아니냐고 한다. 아버지가 크게 사기를 당하더니 세상이 온통 사기꾼으로 보이나 보다. 그래 봐야 그다지 손해 볼 건 없지만, 뭐 마음이야 수습하면 되는 거고. 갑자기 엄마와 나는 풀이 팍 죽어 각자 방에서 누웠는데 불길한 생각들이 거미줄을 엮었다. 저녁 무렵이 되었을 때 문 밖에서 부르는 소리가 들렸다. 그의 얼굴을 보자 시든 꽃이 물을 먹은 듯 생기가 되살아났다. 상상 밖으로 반기는 우리들에게 잠시 어리둥절한 얼굴이다. 마루에 상을 차리고 시루 위에 함을 얹자 엎드려 절을 올렸다. 나중에 시누이들에게 들은 얘긴데, 오빠가 느닷없이 장가보내 달라고 떼를 써서 모두들 웃었다고 했다. 아직 바쁜 나이도 아닌데, 유류파동이라는 전례 없는 쇼크로 힘들어 하는 형은 한 마디로 안 된다고 퉁을 줬다고 한다. 시어머니를 졸라 겨우 큰 올케언니가 부랴부랴 함을 준비하느라 한바탕 소동을 부리고 나서 막차를 타고 갔다고 한다.

지금까지 디아스포라처럼 이삿짐을 열세 번 싸며 둥지를 옮겼다. 기대는 조금씩 빗나갔지만 크게 속았다는 생각은 해보지 않았다. 미리 예견된 일인지 뒤늦게 그는 가족들이 모여 사는 서울로 상경했다. 사십 년 만에 겨우 뿌리 내리려는 객지의 삶을 송두리째 뽑아서 이곳에다 둥지를 틀었다.

어떤 일이 우리를 기다리고 있을지 모르지만 아르카디아를 꿈꾸던 그때처럼 어둠 속에서 크고 작게 반짝거리는 별빛이리라.

2인용 식탁

모두가 2인용으로 압축되어 간다. 수저통에 꽂힌 은수저 두 벌이며 옷장 안과 신장 속을 들여다봐도 두 사람 것들만 차 있다. 그중 식탁도 2인용이다.

식탁에 앉아 배추 고갱이 하나를 베어 무니 아작아작 부서진다. 다시 깻잎에 밥을 얹고 쌈장을 더해 우적우적하다가 넘긴다. 여름 식탁은 가장 풍성하다. 상추와 배추 고추와 호박잎과 양배추 찜에 오이를 깎아 올리면 그야말로 푸성귀들로 넘실거린다. '그레고르 잠자'처럼 문득 애벌레로 변신이라도 한 것인가.

요즈음은 야채와 과일을 갈아 만든 주스에 고구마와 삶은 계란 한 개로 아침을 대신한다. 「강호사시가」를 한 수 읊어도 좋을 만큼 소박하고 욕심 없는 밥상이다. 안빈낙도를 꿈꾸지는 않았지만 기름지거나 양념이 많이 들어가든지 조리과정이 복잡한 것들을 다 지나온 터라 들길을 걷는 것처럼 호젓하다. 고지혈증을 가진 둘의 식탁은 차츰 변화를 가져왔고 어느새 어머니의 밥상을 닮아간다. 가루 묻혀 찐 호박, 부추에 간장을 살짝 끼얹어 조린 깻잎, 상추와 묽은 된장국이 전부다. 우리들을 위해 좋아하는 고등어구이를 곁들이면 성찬이다. 물렁하고 닝닝한 맛은 자연으로 돌아가는 이치와도 맞는 것이다.

2인용 식탁을 준비할 때 심정은 내게 혁명과 같은 일이었다. 4인용에서 6인용, 12인용으로 더해 가야할 식탁을 줄이는 일은 떨어져 나간 식구만큼이나 내 의식 속에서 뺄셈을 하야 하는 시간이었다. 덜어내어야 할 부분들이 많음을 인정하지 않을 수 없었다. 식탁이 비좁도록 들어찬 식구들과 마주할 때 식탁 걱정은 공연한 기우였다. 거실에 커다란 교자상이 놓이면서 식탁은 넓어졌고 엉덩이춤을 추며 먹을 것들을 나르던 내가 아닌가. 부엌이 좁다는 것은 궁색한 변명이다. 아이들과 식탁에 마주하는 날이 기껏해야 일 년 중 몇 번이나 된다고. 커다란 식탁이 턱 버틴 부엌에서 빠져나간 빈자리만 날마다 확인하는 건 아니다 싶었다. 빈 솔방울 속으로 들어찬 바람의 무게를 느끼며 말없이 아궁이 속으로 밀어 넣는 기분을 사서 할게 뭐람. 추억의 사진도 태워 없애버린다는 터에 덧셈하는 내가 한심했다.

기억 속에 밥상은 언제나 작은 두레상이다. 육 남매가 무릎들을 밀어 넣으며 서로 팔을 내뻗던 그림이다. 작지만 배부르고 따뜻한 상이었다.

여럿 속에 혼자이고 싶었던 때이기도 하다. 자취생활을 하면서 나만의 꿈을 꾸며 2인용의 오붓한 식탁을 그린 것이 4인용으로 바뀌면서 식탁에는 아이들의 성장을 생각해서 넉넉하고 질 좋은 것들로 넘치던 절정의 날이었다.

다시 2인용으로 가는 것은 가을 풍경처럼 성글고 서늘하지만 몸에 맞는 다이어트가 되어가는 것이리라. 양념을 얹듯이 욕심 부리고 조바심으로 애태우며 채우던 것들을 조금씩 덜어내니 지금처럼 식탁이 소쇄하게 되었나 보다. 애벌레도 고치를 준비할 때는 살아오면서 왕성하게 채웠던 것들로 실을 짠다. 채소밭에서 먹어본 맛과 향을 기억하며 고요해지는 시간이 올 것이다. 긴 침묵 끝에 작은 식탁을 날아올라 너른 세상을 향해 날갯짓하는 꿈을 꾼다.

애벌레처럼 먹어치우던 식성을 생각하며 나비를 꿈꾸다가 문장 속으로 날아간다. 2인용에서 깨어나면 긴 문장 하나를 엮을 수 있을까.

불안을 읽다

고흐의 자화상 앞이다.

그의 입은 어떤 감정도 발설하지 않은 채 꽉 다물었다. 날카롭게 시선을 꽂은 두 눈만 살아 움직인다. 갈색 머리칼과 수염이 곤두선 듯 붓질이 자꾸 끊어졌다. 뱉어내지 못한 말들만 청색 옷과 배경으로 마구 출렁거린다. 화폭 전체가 흔들린다. 그의 그림을 보고 있으면 몇 해 전 내 모습과 겹친다. 내 얼굴 표정도 아마 그랬으리라.

나는 얼마 전부터 좀이 쑤셨다. 그건 조그만 불편에서 발단된 사건이다. 아이들이 사는 곳으로 가려면 탄천을 건너야 했다. 바로 가는 대중교통 편이 없어 늘 둘러서 가거나 차를 운전해 가는데 자주 길이 막혔다. 아이들 곁으로 이사를 가면 걸어서 다닐 수 있어 좋을 것 같았다. 마침 경기도 가라앉고 했으니 이때가 집을 사야 할 때가 아닌가. 집값은 예전에 비해 많이 내렸다. 경기부양책들이 연거푸 발표되었지만 가라앉은 분위기는 좀처럼 움직일 기미가 보이지 않았다. 한번 불을 지르고 간 관심은 급매로 나온 것이 없나 물어보게 되었다. 부동산 중개인 가운데 월세를 못 내 사업을 접는 곳도 많은 터라 말을 끄집어냈을 뿐인데 곧장 연락이 왔다. 집주인과 어떻게 가격을 조정했는지 매매를 밀어붙였다. 칼자루는 내가 쥐고 있다. 몇 집을 돌아봤을 뿐 정작 살 집은 구경도 못한 상황이다. 내가 원하는 가격에 사도록 하겠다고 입단속을 시키더니 급하게 몰아갔다. 3일 만에 백만 원으로 덜컥 계약서를 쓰고 말았다.

그때부터 나의 고민은 시작되었고 밤잠을 설치며 뜬 눈으로 보냈다. 살던 집을 팔아야 감당이 된다. 큰 액수의 돈을 마련하는 일은 내 의지와는 별개의 문제로 살 사람이 나타나야 한다. 전화가 오길 목마르게 기다렸다. 어쩌다 집 보러 오기라도 하면 구원자를 만난 듯 반가웠다. 헛물을 켜고 앉아 있자니 중도금 날짜는 점점 다가왔다. 칼자루를 바꾸어 쥔 나는 시누이가 직방으로 듣는 묘책을 알려준다는 말에 귀가 솔깃했다. 부적을 만들어 붙이라는데 차마 그 짓은 못하겠다. 다행이 우리 집이 마음에 든다는 사람이 나타났다. 지난 번 다녀간 참한 아주머니가 다시 온다는 연락이 왔다. 일이 성사되길 간절히 빌고 빌었다. 이런저런 사정을 들며 가격을 깎아달라고 한다. 울며 겨자 먹듯 깎아주고는 계약서를 썼다.

사서 고생한다는 말이 맞다. 담보가 많아 주인이 가져갈 돈은 얼마 되지 않았다. 사업 때문에 집을 고스란히 날리게 된 집주인이 미덥지 못해

의심만 날로 깊어졌다. 부동산 중개인이 알아서 다 해준다고는 했지만 내 돈이 들어가야 해결될 문제들이다. 불안한 날들을 보내고 있으려니 세상이 온통 남의 등치는 사람들로 득실거리는 것 같았다. 두 집의 이사 날짜와 잔금은 톱니처럼 맞물려 하나라도 어긋나면 큰일이다.

담보가 많아 혹시나 해서 법원사이트에 들어가 보았더니 경매 대상에 올라 있었다. 눈앞이 캄캄해지면서 무너지는 소리가 났다. 전 재산이 걸린 문제가 아닌가. 그사이 경매에서 낙찰이라도 된 것은 아닐까. 남편이 '이렇게 살기 좋은 곳인데, 이사 안 간다.'고 했던 말도 떠올랐다. 괜히 일을 벌이는 바람에 걱정으로 드러눕게 생겼다. 온갖 불길한 생각들이 거품처럼 부글부글 끓어올라 그날 밤을 꼬박 새웠다.

새벽같이 사위에게 전화를 했다. 경매 낙찰이 아직 이루어진 상태가 아니라는 이야기를 들은 후 겨우 마음을 추스를 수 있었다.

그 밤에 나를 송두리째 흔들고 간 불안하고 절망적이었던 내 모습을, 고흐의 마지막 자화상으로 다시 읽을 수 있었다. 그간의 숱한 난관과 악몽은 부채가 접히듯 불안을 잠재웠다.

이불을 뒤집어쓰다

저녁나절에 커다란 모란꽃무늬 이불이 심하게 흔들렸던 건 엄마가 나만 가지고 나무랐기 때문이다. 나는 틀림없이 주워온 아이다. 엄마가 혼이라도 낼라치면 눈치 빠른 동생은 어디서 고런 기가 찬 말을 찾는지 한 마디 둘러대고는 사정권에서 벗어났다. 화살은 여지없이 내게로 와 꽂힌다. 언니가 돼 가지고 등신같이 그것도 못한다고. 혀를 날름거리며 사라지는 동생은 방문 뒤에서 쾌재를 부르며 고소한 맛을 씹고 있을지 모른다. 분명 얼굴에 화색이 도는 걸 봤다. 처음에 억울해서 울었고 생각할수록 분해서 울었다. 나중에는 계모가 틀림없을 거라 믿으며 주워왔다는 다리 밑이 떠올라 서럽게 울고 울다가 잠들었다. 마음이 바닥까지 내려갔다.

두 살 터울인 동생과는 콩이야 팥이야 하며 자주 싸웠다. 힘도 세고 목청도 커서 휘젓고 다니는 꼴이 영판 머슴애다. 아들이 귀한 터에 엄마는 은근히 그런 동생 쪽으로 기울어졌다. 거기다 제 밑으로 귀하디귀한 남동생까지 보게 되었으니 기가 세질 수밖에. 계산기가 없던 시절에 어른들이 장본 것들을 암산해서 거스름돈과 딱 맞아떨어지게 한다. 동생은 전방, 난 후방에서 궂은일을 감당했던가 싶다. 내가 잊어버린 오래된 이야기도 나보다 잘 기억한다. 그 덕에 잃어버린 소꿉친구를 30년만에 만나게 되긴 했지만, 부모님은 한동안 언니라고 부르지 않는 동생을 나무란 기억이 없다. 동생은 처녀티가 날 무렵에 겨우 언니라고 불렀다. 입에 익지 않은 말을 쑥스러워 어떻게 불렀을까. 듣는 나도 무척 어색해서 동생이 낯설었다.

아이 둘 키우는 것도 힘에 부쳤는데 엄마는 육 남매를 키우자니 오죽했을까. 거기다 닭장에서는 암탉들이 '꺌꺌' 알 낳을 자리를 찾거나 '꼬꼬댁' 놀라서 울어댔다. 모이 주랴 배고파 꽥꽥거리는 돼지들까지 거두자니 만만한 게 내 이름이다. 맏딸은 살림 밑천이란 말이 맞는 모양이다. 내 이름이 싫었다. 엄마의 눈길이 닿지 않는 곳으로 달아나는 게 상책이다. 들에 나가 밀밭에서 말랑거리는 밀껌을 씹다가 도랑에 송사리를 잡으며 놀고 돌아올 때는 배가 고팠다. 심부름도 안하고 동생도 돌보지 않고 집안일을 거들지 못한 죄로 도둑고양이처럼 숨어든다.

꾸지람은 피할 수 없다. 콩쥐가 된 나는 울며 이불을 뒤집어쓴다. 피신할 데가 딱히 없는 터라 늘 아랫목을 차지하고 있는 이불은 좋은 피신처다. 보기 싫은 사람 안 봐도 되고 변변한 대꾸 한 번 못한 억울한 심사를 풀어놓다가 잠이 드는 곳이다. 나만 들볶는 엄마 밑에서 성냥팔이 소녀처럼 불쌍해지고, 인기 좋았던 만화 '엄마 찾아 삼만 리'의 주인공처럼 먼 길을 떠날 궁리를 하다가 잠이 들었다.

'밥 먹어라' 잠결에 부르는 소리가 들렸다. 고등어구이 냄새와 뜨신 밥 냄새에 나도 모르게 벌떡 일어난다. 이불은 그렇게 어루만지며 달래주었다.

삶이 지루한 날엔 앞치마를

나의 부엌을 꿈꾼 건 소꿉놀이하던 그때부터였을까? 사금파리에 봉숭아꽃을 얹고 명아주 잎을 찧어 차렸던 상. 머슴애와 마주앉아 주거니 받거니 하던 말들은 생각나지 않지만 나만의 오붓한 세계를 그리고 있었나 보다. 누군가를 위해 잘 차린 밥상을 올리고 싶어 하는 건 거의 본능에 가깝다. 소중하다고 여기는 사람들이 그 대상이다. 남편이나 아들과 딸을 가리키는 식구라는 말은 얼마나 가깝고도 귀한가.

불을 때던 아궁이는 이제 보기 어렵다. 석유곤로와 연탄불은 가스와 전기로 바뀌었고 연기를 피워 올리던 굴뚝은 그을음과 함께 사라졌다. 세월의 때가 씻겨나간 부엌은 이제 주방이라고 말해야 어울린다. 싱크대 수납장 속으로 그릇들이 갈무리되고 조명불빛에 식탁은 분위기가 살아난다. 편리한 가전제품들을 하나씩 장만하며 살림에 재미를 붙였으나 들쭉날쭉한 식구들의 식사로 부엌은 점점 온기를 잃어갔다. 아이들이 어렸을 때는 뚝딱뚝딱 잘 만들진 못해도 집밥을 열심히 해 먹였는데, 지금쯤 애들은 내 부엌에서 무엇을 떠올릴까. 된장찌개며 별난 것도 아닌 반찬에 젓가락 다툼하며 달게 먹던 나의 어린 시절을, 솥 안에 갈무리한 감자와 엎드려 불 때던 구닥다리 같은 이야기들을, 자주 주절거리는 내가 있다.

공간이 변하니 생활도 바뀌었다. 외식을 좋아하고 배달한 음식에 익숙해졌다. 지금은 식구라는 끈이 툭 끊어져나갔다. 열손가락에 비닐봉지를 달고 시장을 봐 오던 엄마에게, 아이들은 더 이상 쪼르르 달려오지 않는다. 내게 엄마표 술빵 같은 게 무엇인지도 희미하다. 둥지를 떠났기 때문이다. 차실에서 만났던 방자유기에 마음을 빼앗긴 날에 새로운 꿈을 꾸었다. 방망이로 두드려서 만드는 오래된 수작업 방식에 끌렸다. 스테인리스 그릇과 바꿔버렸던 천덕꾸러기 놋그릇은 어느새 명장의 손길로 부활해서 한 벌쯤은 갖추고 싶은 귀한 손이 되어 돌아왔다.

반상기에 냉면그릇까지 장만했다. 장식장 아래쪽에서 불러줄 때를 기다리는 고요한 그릇들. 구릿빛으로 반짝거리는 합식기와 대접들은 앙증맞아 소꿉 같다. 서로 부딪기라도 하면 저마다 다른 종소리가 되어 울린다. 그릇들의 하모니가 어우러진 반상기로 소중한 이를 위해 밥상을 차리고 싶다. 생일이나 특별한 날에 불러 조촐하고 정갈한 상을 보아 내어놓고 싶다. 거기다 은수저 한 벌도 가지런히 앉히면 되겠다. 밥술을 맛있게 뜨는 이를 바라보는 건 행복하리. 수저를 놓으면 찻상에 보이차를 내어갈 것이다. 밤늦도록 찻잔을 기울이며 정담도 나누면 좋으리. 새 식구를 맞아 옥상에 올라 별을 바라보며 차를 마시던 그런 날을 다시 기다린다.

정작 내가 좋아하는 밥상은 다르다. 그건 엄마가 차려주신 오래된 밥상의 대물림이다. 벽지 학교 사택에 있을 때다. 아이들이 방학이라 찾아와서 저녁상을 차리게 되었다. 해거름 무렵이라 바깥에 자리를 깔고 앉으니 바람은 채소밭을 지나 불어오고 우리들은 가짓대와 고추처럼 키가 낮아졌다. 그날은 채반에 모든 재료들을 쪄냈다. 요리법은 엄마로부터 배운 것이다. 장날이 아니어도 밥상이 푸짐하다. 채소밭 모퉁이에서 부추를 베고 울타리를 기웃거리며 호박을 찾아내고 호박잎도 따와 애기고추와 함께 밀가루를 묻혀 쪄낸 것이다. 상추와 쑥갓이며 오이와 풋고추에 실파 조금을 곁들이니 멋진 밥상이 차려졌다. 소풍이라도 나온 것처럼 모두가 입에 달았다.

누군가 삶이 지루하거든 앞치마를 입어보라고 한다. 딸이 시집갈 때 같이 준비한 무명 앞치마가 장롱 밑에 숨죽이고 있다. 그동안 벼르기만 하고 차려내지 못한 밥상을 준비할 수 있을 것 같다. 잠자던 반상기들이 깨어나고 부엌이 잃어버린 생기를 되찾을지 모른다.

부부싸움

남자가 열쇠구멍으로 방안을 들여다본다. 서치라이트처럼 쏘아보는 눈빛이 환하게 벽에 가 부딪힌다. 아무것도 보여주지 않는다. 미술관에서 만난 조문기의 그림은 단순하고 명쾌했다. 집으로 오는 동안 그림 속의 이야기가 주절거리며 따라오고 있었다. 화폭의 중심을 가르는 문을 사이에 두고 남자는 손잡이를 비틀며 무릎을 꿇은 채 방안의 동정을 살핀다. 여자는 손잡이 아래 쪼그리고 앉아 방문에 귀를 대고 바깥에서 들려오는 소리를 하나라도 놓치지 않으려고 집중한다. 시선의 사각지대에 놓인 여인을 못 보는 남자는 눈을 아무리 크게 뜨고 보아도 빈 벽이다. 화가가 기억하는 젊은 날의 어머니와 아버지가 보여주었을 법한 부부싸움의 장면일 수도 있지만 내게도 있었던 일이라 웃음이 절로 나온다.

아이들이 어렸을 때다. 남편은 볼일을 보기 위해 시외버스를 타고 갔다. 오늘은 일을 마쳤으니 도착할 때가 되었구나 싶었는데 해가 다 저물도록 전화 한 통이 없다. 은근히 화가 치밀었다. 일정을 훤히 꿰고 있는데 가고 오는 시간을 아무리 후하게 주어도 집에 도착하고도 남을 시간이다. 시골에서 살 때라 차들이 드문드문 다녔다. 흔한 공중전화도 하지 않았다. 가끔 행방이 묘연한 채 연락 없는 날이 있어서 캐물으면 말끝을 흐리지만 꼬박 이틀을 단절된 채 보낸 뒤라 해가 저물도록 오지 않는 남편을 걱정하느라 조바심이 났다. 불길한 생각들이 어둠과 함께 절정을 향해 치달았다. 뉴스에 귀를 기울이다가 전화벨 소리가 나면 후다닥 달려가 받지만 엉뚱한 전화다. 무사히 귀가해달라는 기도가 절로 나왔다. 그때, 그가 오는 기척이 났다. 집안에 불을 모두 끄고 문을 잠갔다. 쾅쾅 대문을 두드리며 아이의 이름을 불렀다. 이렇게 무심하다니. 집에서 기다리는 사람 생각을 않은 그에게 화가 났다. 한참 그렇게 신경전을 벌였었다.

부부싸움을 해보면 서로 다른 욕망을 품고 산다는 걸 알게 된다. 상대를 잘 안다고 생각했지만 빗나가기 마련이다. '그런가 보다, 그럴 수도 있지, 시끄럽게 뭐 따지다니' 잘도 넘어가다가 하찮은 일로 그동안에 쌓였던 분노가 폭발하는 순간이 온다. 사랑이라는 말로 또는 이해라는 아량으로 지나쳤던 것들이 만두 속처럼 터져 나와 수습이 안 되고 망가진다. 포장되지 않은 날것들이 얽히고설키며 본색이 드러난다. 팽팽한 긴장감이 감도는 시간이다. 나를 다 보여주고 살았다 싶은데 동상이몽이라니.

이렇게 섭섭할 수가 있나. 한번 내질렀으니 이때를 놓칠 수 없지. 단단히 오금을 박아야지. 그러나 문을 사이에 두고 그 속을 알 수 없으니 궁금하고 답답하다. 이번 기회에 확실하게 기선을 잡으려면 상대를 알아야한다. 그림처럼 눈과 귀에 온 신경이 모아지고 상대를 살피기 바쁘다.

작품 속의 남자와 여자에게서 파열음이 들려오지 않는다. 그들은 서로 뒤늦은 화해의 손짓을 보내고 있는지도 모르겠다. 연록색과 보라색으로 구분된 배경에 부드러운 스케치가 둥그스름하다. 눈을 확대경처럼 열고 살피는 남자와 웅크린 채 무슨 소리가 나는지 귀 기울이는 여자의 그림이 따뜻하고 익살스럽다. 살핀다는 것은 서로 화해를 바란다는 뜻이 담겼다. 남자는 아내에게 다가갈 기회를 엿보고 아내는 남편이 언제 내게 손을 내밀어주나 기다린다.

뉴스는 정치와 사회의 시끄러운 이야기들을 자주 부각시켜 피곤하다. 그림 속에서 답을 생각한다. 싸움이 없기를 바라지 않는다. 잘 싸워서 오히려 정이 드는 걸 보았다. 불꽃이 튀는 가운데 드러나지 않았던 마음을 알아가기 때문이다. 다른 욕망을 품고 사는 이들이 서로 자기 쪽으로 끌어당기려고 애쓰지만 한쪽으로 마냥 쏠리면 상대는 초라한 기분이 든다. 각자가 길들이거나 기선제압을 하려고만 하고 상대의 목소리에 귀를 기울이지 않아 탈이다. 책 한 권을 다 읽지 않고 한 부분만 읽어서 토막 낸 내용을 자신에게 유리하게 끌어다 붙이듯이 왜곡시킨다면 해결점도 없다. 뉴스를 보고 있으면 그저 이기고 보자는 심사가 아닌가 싶어 불쾌하다. 막장까지 가지는 말아야 할 텐데. 나도 모르게 채널을 돌린다.

미술관에서 만난 그림은 따뜻했다. 세상의 갈등들이 풀리는 열쇠를 찾을 수 있을 것 같다.

매봉산 이야기

산에 드니 새들이 여기저기서 목청을 뽑는다. 구구구 구구, 호르르륵, 째째잭 짹짹, 낮고 높은 가지를 오가며 보일 듯 말 듯하다 울음을 물고 멀어진다. 매사냥을 위해 올랐다는 말에서 유래된 매봉산은 그렇게 높지 않고 참새와 멧비둘기나 딱따구리, 직박구리 같은 텃새들이 고운 목소리로 귀를 즐겁게 한다. 밤새 묵은 피로와 잡념들을 씻어주어 개운하다. 맑은 기운을 온몸으로 받으며 새로운 하루를 시작한다.

내가 오르기에 적당한 높이를 가진 매봉산은 구십 미터 남짓하지만 오르막과 내리막을 따라 실핏줄처럼 이어진 길의 끝에는 여러 마을들을 품었다. 예전에는 큰 고개를 뜻하는 한티고개 아래 음달짝, 능안말, 세촌 등 정겨운 동네 이름들이 마을을 이루었던 곳이다. 이곳 아파트로 이사 온 후 가장 마음에 들었던 것은 뒷문을 나서면 곧바로 매봉산으로 가는 길이 언제나 열려 있다는 점이다. 날마다 산은 제가 품은 것들을 조금씩 새롭게 보여준다. 오늘 만난 분도 '산은 내게 보물'이라고 했다. 숲이 주는 것들이 좋아 강보다 산으로 오게 된다고 했다.

도시 개발로 산은 많은 부분을 잃었지만 주민들의 건의를 받아들여 지금의 매봉 터널 공사로 끊어지려는 산의 맥을 살려내었다. 간혹 직장인들이 출근할 때 이 산을 가로지르거나 점심 식사 후 휴식을 하는 모습을 볼 수 있는 곳이기도 하다. 여러 골짜기마다 난 길은 사람들을 정상으로 모여들게 한다. 주로 아파트나 빌라가 대부분이지만 학교가 있고 세브란스 병원도 있어서 학생과 환자들도 숲을 바라볼 수 있게 되었다. 도심에 사는 사람들에게 숲은 언제나 맑은 바람을 보내주고 산을 찾는 사람들에게 심신의 건강을 지켜주고 있다.

정상으로 가는 길에 원형광장이 있다. 토끼들이 뛰어다니는 걸 보는 것도 산을 오르는 즐거움 중 하나이다. 원형광장에서는 오늘도 국민체조 음악소리에 맞춰 체조를 하거나 운동기구들마다 부지런히 움직이는 사람들로 붐빈다. 몇 바퀴째 광장을 도는 사람들과 산을 오르내리는 이들의 걸음이 활기차다. 나도 운동기구들을 하나씩 옮겨가며 숫자를 헤고 있으면 토끼들도 나와 연신 오물거리며 풀을 뜯는다. 무엇보다 가장 아름다운 계절은 떨어지는 벚꽃 비를 맞으며 환한 하늘을 우러러 보는 봄이다.

산의 치마폭에 기댄 많은 아파트와 학교는 숲에 가려 이내 사라진다.

터널 위로 수목을 심고 운동시설을 해서 정상으로 가는 길은 이어진다. 서쪽 끝은 완전히 끊어져 옹색해졌지만 산은 자신이 품고 사는 사람들에게 늘 맑은 공기를 보내주며 정신적인 의지처가 되어 준다. 정상으로 가다보면 산의 주름 사이에서 올라오는 이들과 만나면서 걷게 되는데 그들은 숲에 잠시 머물다 왔던 길로 돌아간다. 조금 가파른 길을 따라 오르면 어느덧 정상이다. 태극기가 나부끼고 사람들의 소망이 담긴 돌탑이 정상을 알린다. 나도 돌 하나를 얹는다. 넓게 쉼터를 만들어 놓아 스트레칭을 하고 있으니 옆에서 조기회 회원들이 서로에게 건네는 인사가 반갑다. 즐비한 운동기구들 사이에서 오래 못 본 회원들끼리 건네는 안부도 정겹다. 이곳에서 친목을 다지고 서로의 생각들을 나누고 가끔 산행이나 여행도 가는 것 같다.

주중에는 주로 나이든 사람들이 찾지만 주말에는 아이들을 데리고 오르는 젊은이들도 많다. 사람과 토끼가 어우러진 풍경은 얼마나 따뜻한가. 한번은 토끼가 문제가 되었던 적이 있다. 구청에 민원이 들어왔다며 토끼장을 자진 철거하라는 현수막이 붙었다. 이렇게 순진한 눈망울을 한 토끼를 어떻게 미워할 수 있을까. 주말에 손잡고 올라온 아이들이 토끼와 노는 모습은 얼마나 보기가 좋은지 모른다. 우리 손자도 토끼 보러 가자고 조른다. 산을 찾는 즐거움이 사라질 지경이다. 그날 이후 기운을 잃은 자원봉사자는 며칠째 얼굴을 내밀지 않았고 어떻게 될지 몰라 불안한 가운데 가만히 생각하니 토끼들이 너무 불쌍했다. 늘어난 토끼들을 저녁에 우리로 들어가게 하고 다음 날 나오게 해야 되는데. 물이 없는 것도 걱정이었다. 자원봉사자는 하루도 빠짐없이 물을 배낭에 지고 올라와 토끼를 돌보았었다. 누가 보수를 주는 것도 아니었다. 즐거워하는 사람들과 작은 생명을 위해 그 벅찬 일을 감당하고 있는 것이다. 먹이가 떨어지는 겨울에 사료 값도 걱정일 텐데. 토끼장을 치우면 토끼들이 갈 곳이 없다. 정해진 철거 기간이 지났지만 다행히 강제 철거는 이루어지지 않았다.

반대하는 쪽에서 보면 굴 파기를 좋아하는 토끼들이 곳곳에 구덩이를 파고 뜯어준 풀과 과일이나 채소들이 산을 지저분하게 만들기도 했다. 현수막은 오랫동안 붙어있었고 기운을 잃은 여자는 그 후 보이지 않았다. 전보다 개체수가 줄어든 것 같지만 다행히 철거되지 않았다. 토끼를 사랑하는 많은 사람들 덕에 아직도 사람들과 함께하며 토끼는 잘도 뛰어다닌다. 지금은 토끼장이 무성한 나뭇잎에 가리어 잘 보이지 않는다. 크게 상처를 입었을 그분에게 힘내라고 말하고 싶다.

산은 개발로 인해 많이 잘려나가 비록 제 모습을 잃었지만 오래전부터 넉넉한 품을 지녔던 곳이다. 한강유역에 농경생활을 했다는 청동기시대의 흔적이 남아있는 걸 보면 안다. 배드민턴장 근처에 유적지임을 알리는 팻말이 무심한 듯 서 있다. 찬찬이 읽어보니 유적들은 숭실대 박물관에 전시되어 있다고 한다. 당시에는 어떤 모습으로 살았는지 궁금해서 시간을 내 유물을 찾아 숭실대 기독교 박물관에 들렀다. 대학 박물관은 무척 훌륭했다. 기독교가 전파된 역사와 함께 박물관 팀들에 의해 발굴된 선사시대 유물들이 고스란히 전시되어 박물관으로서 모습을 잘 갖추고 있었다. 구멍무늬토기는 음식을 만들거나 보관용으로 사용했으며 예쁜 붉은 토기도 함께 만들어 썼음을 알았다. 돌도끼와 화살촉과 같은 요긴한 도구들이 잘 분류되어 전시되어 있었다. 지금은 실내 배드민턴장이 된 그곳에서 운동하는 사람들의 공치는 소리만 들려온다. 조상들의 삶의 터에서 함께 한다고 생각하니 끈끈하게 이어져 내려오는 유대감을 느끼며 그 옛날에 움집을 짓고 살던 옛 모습을 그려본다. 매봉산에서 이 모습이 재현되었으면 하는 아쉬움이 들었다.

후대로 내려오면서 산의 이름에서도 옛 흔적들을 더듬어 볼 수 있었다. '독고리산'이라고 불렸다는데 독 짓던 옹기가마터에서 파편들이 나왔다고 하는 말이 전한다. 그와 달리 골짜기마다 돌부리가 많아서 지어진 이름일거라며 도곡동과 연결지어 말하기도 한다. 매봉산에서 말죽거리로 가는 중간에 오솔길이 나 있었는데 사람들은 한양에 입성하기 전에 잠깐 쉬어가거나 날이 저물면 하룻밤을 묵으면서 아침에 성문이 열리기를 기다려 이 마을에서 잠깐 쉬어 갔다고도 한다.

지금은 도곡 공원으로 불리는 매봉산에 7월의 무성한 잡초들이 하나의 표지석을 둘러싸고 있다. 풍산 조씨의 묏자리가 제법 넓게 자리 잡았다. 조씨 문중의 세거지로 마을을 이루고 살았던 시대의 풍경을 그려보았다. 그러나 눈앞에는 아파트가 가로 막혀 그 옛날의 자취를 찾을 길 없고 다만 잡초들 속에 묻혀 옛 자취마저 희미해지고 있다.

옛날부터 이 마을에서는 천재지변을 예방하고 풍년을 기원하며 수호신으로 받드는 동제당이 있다고 한다. 그 밖에도 오래된 느티나무 옆에 비석이 하나 있다는데 김의신이라는 효자를 기리는 비석이라 한다. 아버지의 병구완을 위해 신령에게 빌었더니 허벅지 살을 고아 먹여야 낫는다고 해서 자신의 허벅지 살을 잘라 아버지의 병을 낫게 했을 뿐만 아니라 돌아가신 후에도 3년간 시묘살이를 할 정도였다고 한다. 두 곳 다 정확히 어디인지 몰라 찾지 못했다. 이처럼 매봉산은 많은 이야기들을 품은 곳이다.

오늘 매봉산에서 만난 꽃은 달개비꽃이다. 산딸기는 저절로 익어 떨어지고 하얗게 수염을 늘어뜨린 까치꽃도 보이지 않는다. 차례를 따라 제 모습을 드러내는 꽃들은 조용히 준비하고 있다가 어느 순간에 환하게 얼굴을 내민다. 화려한 꽃집의 꽃보다 들꽃을 좋아한다. 가만히 들여다보고 있노라면 그것들도 생의 왕성한 의욕을 가지고 한 계절을 환하게 비추다 사라지며 산을 날마다 새롭게 만든다. 내일은 산수국이 보랏빛 쟁반을 더 크게 만들 것이다.

매봉산에 가면 직장과 학교 단체에서 심은 팥배나무, 산딸나무와 벚나무에 달린 팻말을 볼 수 있는데, 그들이 얼마나 이 터를 아끼고 사랑하는가를 짐작할 수 있다. 이곳에 전해 내려오는 이야기들과 함께 여기에 터를 삼아 살아가는 이들로 하여 산은 날로 풍성해지고 수많은 이야기들을 품으면서 오래 제 모습을 가꾸어 나갈 것이다.

아롱이다롱이

아롱다롱한 이슬에 홀린 적이 있다. 젖은 들길에서 아이 눈망울처럼 작고 투명한 물방울 속으로 빠져들었던 어느 아침. 대롱대롱 맺힌 동그라미들은 해를 받아 눈이 부시도록 영롱했다. 여리디 여린 물방울들을 차마 건드릴 수 없어 바라만 보았다. 아마 어머니에게 자식은 모두 그런 존재인지도 모른다.

구순이신 아버지가 혈관 이식과 괴사된 발가락 셋을 잘라내는 수술을 받았다. 입원을 하고 간병사를 쓰는 동안 병원을 오가느라 정신없이 보냈다. 두 달 남짓한 병원생활을 끝내고 퇴원이 가까워졌을 무렵이다. 육남매들이 이렇게 다 모인 것이 얼마만인가. 아버지는 환자라는 것도 잊고 그저 좋으신 모양이다. '이제 다 나았다' 팔을 짚고 몸을 일으키며 '까딱없다, 나는 집에 갈란다'고 하신다. 예전의 아버지가 아니다. 목소리에 맥이 풀렸고 야윈 몸은 어린애처럼 가벼워보인다. '아직 재활치료가 남았고요, 퇴원하면 안 된다고 엄마는 완전하게 다 나아서 오라고 하던데요.' 엄마는 어지러워 전화 받기도 힘들고 그동안 입맛이 없다며 된장 한 가지만 놓고 밥을 물에 말아 겨우 드신다고 전했다. 갑자기 어깨가 처지는 아버지가 안 돼 보였다.

불편한 몸으로 집에 오시면 구순을 바라보는 엄마가 걱정이다. 지난해 골절로 아팠던 엄마가 할 수 있는 건 겨우 밥하는 일뿐이기 때문이다. 그동안 잘 살아오셨던 두 분을 이제는 자식들이 걱정하고 돌봐드릴 시간이 온 것이다. 제 살기 바빠 먼 거리를 핑계로 부지런히 전화기만 들었다. 막상 이렇게 되고 보니 아버지의 빈자리가 크다. 은행일과 즐기던 장보기며 깨알같이 적던 가계부나 거들던 집안일을 대신할 수 있는 사람이 없다. 엄마는 '나한테 왜 이런 일이 닥치는지 모르겠다.' 부쩍 말수가 적어지고 한숨이 잦다. 구순의 부모를 바라보는 마음이 무거워진다. 내 인생의 예고편 하나를 보여주시는 건가.

육 남매들이 대부분 차로 두서너 시간씩 걸리는 먼 거리에 있어서 가까이 사는 동생에게 전화로 묻거나 달려가 살피게 했다. 동생도 자기 일을 끝내고 친정과 병원에 다니다 보니 멀리 있는 우리들도 여러 차례 내려갔다. 노부모를 보살피는 일은 덤덤해 보이는 아들보다는 섬세한 딸들이 낫다. 우리들은 남달리 우애 있는 편은 못 되지만 특별히 나빴던 것도 아니다. 오랜만에 만나면 어제 본 듯 반갑게 이야기했고 싸워본 적이 없다. 그저 믿거니 하고 있는 동생들에게 무심하다는 불만이 비집고 나왔다.

'아롱이다롱이 아니가' 뭘 그러느냐는 듯 엄마가 툭 던지는 말에 할 말을 잊었다. 딸 딸 아들 딸 딸 하다가 마흔하나, 기도 끝에 아들을 얻었으니 우리들은 공부시켜 준 것만 해도 감지덕지해야 한다. 그동안 부모님은 이 딸 저 딸들이 들여다보니 아쉬울 것 없었는지 모르지만 한 번도 서운하다는 말을 하지 않을 만큼 아들 사랑이 유난하다 보니, 우리들은 쭉정이라고 볼멘소리만 더러 한다. '효의 마지막이 부모의 이름을 빛나게 하는 것'이라는 공자의 말씀대로라면 맞는 말이다. 둘 다 부모의 자랑거리가 되어주었으니.

요즈음 들어서 〈돌아온 탕자〉라는 렘브란트의 그림을 오래 바라보게 된다. 아버지의 마음이야 용서와 사랑으로 돌아온 아들을 품을지 몰라도 그동안 부모의 말씀에 순종하며 도왔던 형의 마음이야 어디 같을 수 있는가. 재산을 모조리 탕진하고 거지꼴로 돌아온 동생을 위해 양을 잡아 큰 잔치를 열었을 때, 형이 바라보는 눈길이 복잡하게 느껴진다. 무심한 듯해도 제 일에 여념 없이 바삐 사는 동생들이 대견하다. 가끔 힘이 빠져서 해보는 말이다.

내게도 아들과 딸이 있다는 데 생각이 미친다. 둘이 소원하게 지내거나 싸우기라도 하면 가슴이 미어진다. 형제는 시샘하는 경쟁관계라고는 하지만 부모에게는 다 같은 자식이다. 밥상에 밥만 있는 게 아니다. 철철이 다르고 때마다 다른 반찬들이 올라와서 입맛을 돋우고 살아가는 힘을 주는데 왜 밥상이 아닌 곳에서는 자주 어긋나는지. 일을 똑같이 나누어 하지 않는다고 고집하다 보면 외로워지는 날이 올 것이다. 손가락의 길이가 다르고 하는 일이 달라도 일을 할 때는 서로 도우며 함께한다. 더 예쁘고 덜 예쁠 수 있다. 하지만 다 내 손을 이루는 손가락들이다. 부모에게 자식은 그런 거다. 더 잘하는 자식이 있고 좀 덜 하는 자식이 있지만 다 소중하다. 엄지가 새끼손가락을 공격하는 꼴이 아닌가. 길고 짧고 더하고 덜하고 해도 어우렁더우렁 사는 게 살아가는 모습인데 지금 시샘을 하고 있다. 내 속에 카인의 피가 숨어 흐르는가.

엄마가 문득 던진 '아롱이다롱이'라는 말에서 아롱다롱한 자식들을 보고 계실 엄마의 마음을 읽는다.

物물의 시선

송복련 수필집

물의 시선

송복련 수필집

사단법인 한국수필가협회